비 갠 아침
바람의 향기

비갠 아침 바람의 향기

사진 강기민
글 오태호

가보로 못 다닌
오태호의
지나간
낙시 같은
이야기

BM 성안북스

가사로 못다 한 오태호의 지나간 낙서 같은 이야기

이 책에 실린 글들은 10여 년 전부터 제가 그동안 세상을 걸어오면서 느꼈던 많은 생각을 혹시 가사에 도움이 될까 싶어 메모지나 휴대폰, 다이어리 등에 수시로 적어두었던 낙서 같은 글입니다.

그렇게 정리도 못한 채 글이 늘어가다가 어느 날 우연히 글을 모아 책으로 만들어보자는 제의를 받아 이렇게 여러분에게 펼쳐 보이게 되었습니다.

하지만 여기저기 흩어져 있던 글들이 새집으로 모이고 이사하는 과정에서, 즉흥적으로 썼던 글이란 특성상 어떤 글은 워낙 간결하고 투박해서 읽는 분들이 조금 이해하기 어렵겠다는 생각이 들었습니다.

그래서 결과적으로 이 책에는 메모 그대로의 글도 있지만 거기에 덧붙여 그때의 생각을 조금 더 풀어놓은 형식의 글도 있습니다.

또 그 사이사이에는 수필 비슷한 제 생활 주변의 에피소드를 별사탕처럼 끼워놓았습니다.

그리고 개인적인 메모 글이니만큼 제 글은 어떤 설득이나 가르침, 주장 등보단 그저 세상 속을 걸어가는 한 사람으로서의 그때, 그 시간의 생각과 낙서에 가깝습니다. 글마다 그 시점에서의 생각이기 때문에 또 앞으로 어떻게 바뀔지도 모르는 무책임한 글들이기도 합니다.

몇 시간 만에 다 읽어도 좋고, 1년이 걸려 읽어도 괜찮을 정도로 맥도 흐름도 없는 글이니만큼 아무 때나 여유로운 시간에 쉬엄쉬엄 읽어주시기를 당부 드립니다.

덧붙여 곳곳에 실은 강기민님의 사진들은 책을 읽는 동안 덜 건조
하고 덜 지루하기를 바라는 마음과 그냥 음악만 듣는 것보다 영화
나 드라마에 어우러져 나오는 그것이 더 진하게 다가서고 오래 기
억되듯이 글 내용과 어우러져 더 가슴속에 남았으면 하는 의도에
서 함께하게 되었습니다.

우리는 같은 하늘 아래, 같은 시대를 살아가며 별반 다르지 않은
듯하면서도 때론 너무나 다른, 알 수 없는 삶과 그 속의 사람들
을 매일 대하고 있습니다. 이 책을 엮으면서 조그만 바람이 있었
다면 그런 혼란스런 삶과 사람을 대함에 있어 제 글이 작은 위로
와 평온, 때론 격려와 희망의 글이 되어 단 한 분이라도 조금 더
행복해질 수 있고 소중해질 수 있는 계기로 이어졌으면 하는 것

입니다.

그런 저의 바람이 여러분에게 닿고 그렇게 우리 모두에게 행운이
함께하길 바라며 부끄러운 제 글을 펼쳐봅니다.

'비아바향' 이란 책 제목에 관하여

어릴 때 누구나 한 번쯤은 간밤에 불던 거친 비바람에 조금은 무섭고 걱정스런 마음으로 잠을 설친 적이 있었겠죠?

하지만 아침이면 모든 게 가라앉고 오히려 세상을 부드럽게 어루만지며 불어오는 한 줄기 바람의 향기가 있었습니다.

그리고 여러분이 어른이 된 지금, 누구 하나 경중을 따질 수 없는 저마다의 시련으로 지난날을 뒤척였거나 혹 지금도 뒤척이고 있다면 이제 새로운 마음으로 어릴 적 비 갠 아침 그 싱그런 바람의 향기를 기억해낼 수 있길 바랍니다.

지난날이 어땠건 '지금' 이란 새로운 하얀 도화지를 펼쳐 멋지고 화려하진 않을지 모르지만 적어도 후회하진 않을 여러분만의 비아바향(비 갠 아침 바람의 향기)을 그리고 또 만들어보세요. 이 책의 제목은 그런 여러분이길 희망하는 마음에서 지어본 것입니다.

그리고 먼 훗날 그 도화지 맨 아래에 자신의 이름을 부끄럽지 않게 적어 넣고 생을 마감할 수 있는 우리이기를 꿈꿔봅니다.

그땐 이미 여러분만의 비아바향이 많은 이에게 소중한 향기로 전해진 뒤겠죠.

그렇게 온 세상 모든 사람이 서로가 서로에게 소박한 향기를 전하고 사랑하기를 희망하며 이 책을 엮습니다.

Contents

나를 믿어
더 늦기 전에 지금이라도
다 잃기 전에 지금이라도
오늘이 인생의
가장 아름다운 날이라고

Part 1

오늘이 인생의
가장 아름다운 날

다름에 대한
작은 배려

같은 시대 위를 함께 걸어가는 사람으로서
서로 옳고 그름이 아닌
다름에 대한 이해와 존중은
사람 사이의 '가나다' 같은 기본.

공감이나 동감이 아니더라도
다름에 대한 작은 배려는
사람 사이의 자연스런 시작…
얼굴이 다른 것처럼 생각의 모습도
다를 수 있음을 인정하고 시작해야 힐 일.
어차피 생각에 정답이 없듯
저만치에서 저마다 조화롭게 커가는 들꽃으로
서로를 존중해줄 일.

그렇게 다르면서도 때론 엇비슷한
우리의 얘기가 펼쳐지는 이 세상이
매사에 항상 의견일치를 보이는

이상한 삭막함보다
아름다울 수 있지 않을까.

'너는 왜 그렇게 생각하니'보단
'그렇게 생각할 수도 있겠구나…'

갈림길

어디쯤 가고 있니?
밟지 않으면 넘어지는 자전거처럼
그저 낯선 곳으로 달려만 가니?
때로는 멈춰 서서 주위를 둘러봐
어디쯤 와 있고 어디로 가고 있는지.

가슴은 메마르고 머리는 멍한 채로
미지근한 콜라가 되어버린 하루하루.
일주일만 걸어볼까, 이름 모를 들길 따라.
그러고나면 돌아올 수 있을까,
어린 날의 그 푸른 꿈을 간직한 채로.

삶은 이름 모를 그곳으로 발걸음을 내딛는 일의 연속.
때론 느낌으로 때론 책임으로 선택하고 걸어가고
어차피 두 가지 길을 동시엔 갈 수 없으니
지금 걷는 이 길 위의 멋스런 나그네가 되고 싶은데
그것도 그저 생각뿐.

너무 늦어 돌이킬 수 없다면 이 길을 즐기고
너무 원해 내 모든 걸 버릴 수 있다면 되돌아가자.
이것 역시 선택의 갈림길
모든 것을 안고 이고 갈 수는 없는 일.
잊고 싶은 건 틀림없는 시간의 힘에 맡기고
즐거이 기꺼이 이 길을 가자.

혼자 가는 길이라 때론 외롭겠지만
그만큼 소중하고 아름다운 그 어디와 만나겠지.
걸어온 길을 돌아보며 스스로가 눈물겹도록 사랑스런
그 어느 시간, 그 어느 하늘 아래
푸르른 모습으로….

결국은
지나간다

무슨 일이든 항상 일어나기 마련.
그런 인정이 오히려 나를 편하게 만들 수 있다.
더 고마운 건 무슨 일이든 지나가기 마련.
그런 자연의 배려가 나를 희망에 가깝게 둔다.
기쁘면 기쁜 대로 지나가서 그립고
슬프면 슬픈 대로 지나가서 한숨 놓는….

문득 찾아오는 힘든 일들이
벅차고 거칠지만 부딪히는 대로 인정해도 나쁘지 않다.
어떻게든 된다는 걸 알기 때문에
몇 번을 되풀이해온 패턴을 다쳐가며 눈물로 배워왔기 때문에
아무리 천둥 번개가 치며 비가 내려도
밝은 태양은 항상 그 너머 그 자리에….

결국 나의 문제이거나 시간의 문제.
그래서 그 후의 희망을 가슴에 머금은 채로
오늘도 걸을 수 있는 일.

돌아보면…

처음 가는 모르는 길

멀고 때론 지루해도

돌아오는 길은 가깝게 느껴져

알 수 없는 인생을

걸어갈 때는 멀고 낯설지만

이제 와 돌아보면

모든 게 스쳐가듯

잠깐이고 그리운 시절…

모든 게 빠르게 느껴지는 지금의 난

어딘가로 돌아가는 걸까?

아니면 아직 떠나가고 있는 걸까?

작은 부탁

우리 다··· 살아 있는 동안
한 번 더 따뜻하게 말해주고
한 번 더 다독여주고
한 번 더 안아주고

우리 다 살아 있는 동안···

인생의 매력이면서 독

어디로 어떻게 흘러갈지
아무도 모른다는 것

벤치

어느 하루 앉아 쉬면서
문득 뒤돌아보니
참 많이도 걸어왔구나.

바람 같은 하루가 또 이렇게 나를 지나간다.

음악을 직업으로
갖게 되기까지

1981년 이야기.

지금으로부터 30년도 넘은 저 너머의 기억으로, 웬만큼 먼지를 털어내고 닦아내지 않으면 돌아볼 수도 없는 시절의 이야기. 그저 생각나는 대로 하나씩 끄집어내본다.

나는 초등학생 때부터 20대 말까지 서울 방배동 카페 골목 근처에서 살았다. 내가 20대일 때는 방배동 카페 골목이 한창 성행했는데, 지인들이 그쪽에서 자주 모였다. 그렇게 친구나 형들이 카페에 있는 공중전화로 우리 집에 호출 전화를 하면 나는 그 전화를 받자마자 출발했고, 많이 과장해서 얘기하면 그쪽에서 끊기도 전에 도착했다. 그래서 그들이 수화기를 내려놓다가 날 보고 소스라치게 놀라는 모습을 종종 볼 수 있을 정도.

음악과의 인연은 중학교 입학하면서 시작되었다. 두발 자유화 조치가 있던 바로 전해로 기억되는 그 해, 나는 까만 교복에 머리를 짧게 깎고 반포중학교에 입학했다. 방배초등학교 친구들 거의 대부분은 그 근처의 중학교에 배정되었지만 유독 나만 반포중학교로 배정받았다. 그래서 중학 입학 초기엔 주변에 모두 낯선 얼굴뿐이어서 초등학교 때 친구들을 더 그리워했다.

하지만 그것도 잠시. 어디를 가든 좋은 친구나 코드가 맞는 친구는 있기 마련. 금세 적응해서 학교생활을 잘 해나갔다. 그런데 좀 특이한 건, 많은 친구들이 대체로 팝 음악을 좋아했고, 특히 나에겐 낯설었던 하드록이나 프로그레시브 음악에 관심이 많았다.

당시 나에게 누군가 '좋아하는 음악이 뭐냐?'고 물으면 기다렸다는 듯이 가요로는 조용필 선배님의 '단발머리'나 진미령 선배님의 '하얀 민들레', 팝으로는 둘리스(The Dooleys)의 '원티드(Wanted)'나 보니 엠(Boney M)의 '리버스 오브 바빌론(Rivers of Babylon)' 등이라 읊었다. 여기서 누구나 한 번쯤은 했을 경험을 얘기하면, 특히 둘리스나 보니 엠의 음악은 지나치게 흥에 겨워 반드시 따라 부르고 말겠다는 의지에 불타 어린 내가 영어 가사를 한글로 고스란히 적는 작업을 전혀 일같이 느껴지지 않게 해줬다. 카세트테이프에 담긴 음악을 한 소절 듣고 멈춤 버튼을 누른 후 가사를 옮겨 적고, 발음이 이상하면 또 앞으로 감았다가 다시 들었다. 그 과정을 수십 번 반복해 마침내 산고의 '차용적 번역' 작업을 마친 후, 처음부터 노래를 들으며 받아 적은 가사를 흥겹게 따라 부를 때의 성취감과 자부심이 버무려진 만족도는 우주 그 어디에도 비할 데가 없었다.

물론 가사 내용은 '내가 상관할 바가 아니야'라 할 정도로 안중에도 없었다. 단지 노래를 따라 부를 수 있다는 것만으로 '내가 글 배우길 잘했지' '이래서 사람은 공부를 하는구나!' 라는 생각을 처음으로 했으니까.

다시 하던 얘기로 돌아와서, 나의 이런 음악 취향과는 달리 중학교 친구들은 거의 대부분 비틀즈(Beatles)부터 딥 퍼플(Deep Purple), 레드 제플린(Led Zeppelin), 러시(Rush), 핑크 플로이드(Pink Floyd), 예스(Yes) 등등까지 그야말로 내가 그전에 들도보도 못한 장르와 뮤지션들을 선호하는 게 대세였다. 그리고 그와 더불어 꽤나 많은 친구가 기타를 비롯한 악기를 다루고 있었다.

그들 중 한 명이 신중현 선생님의 둘째 아들 신윤철이었고, 장남 신대철 선배님도 같은 학교에 재학 중이었다. 나 역시 일렉트릭 기타가 재미있어 보여 자연스레 호기심을 가졌다. 그리고 어디서 구했는지, 빌렸는지 기억은 나지 않지만 허름한 기타 하나를 손에 넣어 기타를 독학으로 배우기 시작했다.

친구들 사이에 록 음악이 유행하던 때라 나도 자연스레 록 기타에 심취했는데, 한창 열심일 때는 빨리 기타를 치고 싶어서 하굣길 버스 정류장에서 내려 집까지 뛰어갔고, 학교에선 기타 지판의 폭과 비슷한 필통 뒤에 펜으로 기타 줄처럼 6줄을 그려가며 수업 시간에 연습하곤 했던 기억이 난다. 지금 생각해보면 그때의 내 행동이 좀 별났다고 생각되지만 그런 행동을 나쁘지 않은 시선으로 봐준 친구들이 고맙다.

그러다 신윤철과 같은 반이 되면서 그와 가까워졌고, 그때 함께 세트로 붙어 다니던 또 다른 친구는 H2O의 박현준. 우리는 가장 가까운 사이가 되어 서로의 집을 오가며 음악을 듣고 연주도 하면서 막연히 음악인으로서의 미래를 그려나갔던 것 같다. 자연스레 팀도 만들어 현준이는 베이스로, 윤철이와 나는 트윈 기타로 당시 유명했던 그룹들의 음악을 카피해가며 학교생활 이외의 모든 시간을 보냈다.

고등학생이 되어서도 그 친구들과 '리자드'라는 스쿨 밴드를 하면서 학교 주변에서 꽤나 유명한 팀이 되었다. 한번은 반포 고속터미널 근처 백화점에서 학생 신분으로 공연까지 준비했고 실제로도 성황리에 공연을 마쳤다. 그 과정에서 공연장 대관료를 마련할 명목으로 친구들에게 표를 팔고 공연까지 벌였다는 사실이 발각되어 정학을 당할 뻔했지만, 당시 교련 선생님의 도움으로 훈계 정도로만 그치고 넘어가기도 했다.

그때 교련 선생님이 하신 말씀 중에 "자기가 좋아하는 일을 직업으로 가지면 제일 행복하지만 지금은 아닌 것 같다. 때로는 비상을 위해 날개를 접고 기다릴 줄도 아는 지혜가 필요해."라는 소중한 조언을 가슴에 담고 조용히 지내다, 고등학교 졸업 기념 책자에 각자 남기는 한마디로 "이제 드디어 날아오를 때가 되었다"라는 낯 뜨겁고 의욕만 앞선 글귀를 썼던 기억이 난다.

학교 다니기가 가장 힘들었던 고3 시절, 알음알음 알던 록 그룹 형들이 여러 팀의 교류와 소통의 장으로 메탈 프로젝트라는 아지트를 만들었고, 그즈음 다른 팀의 보컬로 있던 이승환 형과 눈이 맞아 우리는 '아카시아'란 이름으로 팀을 만들어 몇 차례 공연을 했다. 그러나 무엇 때문이었는지 정확한 이유는 생각나지 않지만 얼마 후 팀이 흐지부지 해체되었다. 그러다가 나는 '공중전화'라는 밴드로 정식 데뷔할 기회가 생겼는데, 카피곡만 부르던 예전과는 달리 이젠 우리만의 자작곡이 필요하여 '사랑이 그리운 날들에'란 곡을 처음 쓰면서 작곡가로서의 첫걸음을 내딛었다.

그땐 이문세 선배님의 거의 모든 곡을 쓴 이영훈 형의 음악을 무척이나 사랑했다. 특히 '소녀'란 곡을 개인적으로 좋아하며 영향을 많이 받았는데, 그때 나는 내 감성이 록보다는 발라드 쪽에 가깝다고 어렴풋게나마 느끼고 있었다. 몇 년 후에는 이문세 선배님의 전국 공연에 내가 기타리스트로, 이영훈 형이 건반 주자로 함께하는 인연이 생겨 더욱 가깝게 지내며 많은 추억을 만들었다.

아무튼 그렇게 '공중전화'로 데뷔하며 작곡에 매력을 느꼈고 주위의 반응도 괜찮아서 조심스레 작곡가로서의 습작을 이어나갔다. 그 후 Rock in Korea에 실린 '기억날 그날이 와도'와 이승환 형의 1집 앨범에 '기다린 날도 지워질 날도', '눈물로 시를 써도' 등을 주며 기타리스트와 작곡가로서 음악인의 삶에 좀 더 깊이 발을 내딛었다.

어리고 철없던 나를 신촌블루스에 영입해 가르쳐주고 보살펴주신 엄인호 형님과 그때 즐거운 시절을 함께했던 멤버 형들과 누나들…. 그리고 기타리스트와 작곡가로서 잘 자라게 아낌없이 돌봐주신 송홍섭 형님. 마음만큼 자주 찾아뵙고 인사를 전하지 못해 늘 송구스럽고 미안한 마음이 든다.

"덕분에 세상 구경도 많이 해가며 또 알아가며 즐겁게 여기까지 걸어올 수 있었습니다. 모두들 감사합니다!!"

영원

저 우주의 끝이 만물의 시작과 이어진 듯한
생각이 든다. 뫼비우스의 띠처럼.
아무 논리적 근거나 지식 없이 어느 순간 그렇게 느껴진다.
모든 끝은 또 다른 시작과 연결되고 반복된다.
그래서 영원할 수 있는 것일 수도….

행복은
스스로 붙이는 이름

행복이나 감사라는 건

그 어느 때, 특정화된 환경에서만 만날 수 있는

정형화된 선물의 이름이 아니라

이 세상에서 만나는 그 모든 일에

나 스스로 언제든 느끼고 찾아 붙이기 나름인 이름.

화려한 백화점에 진열된 물건의 이름이 아니라

이 넓은 우주에 존재하는 모든 상황에 스스로 붙이는 이름.

내 작은 몸 하나 안에도 수많은 행복과 감사

볼 수 있어서 들을 수 있어서

말할 수 있어서 숨 쉴 수 있어서

만질 수 있어서 걸을 수 있어서….

무언가의 가치를 알고 싶다면 간단해.

1년만이라도 아니 한 달만이라도

그리고 어떤 건 단 하루만이라도,

'잃어보면 돼….'

사람 대 사람

사람을 나이나 지위 등의
편견으로 대하는 게 아닌
영혼 대 영혼
사람 대 사람으로
대할 줄 아는 마음.
그러면 무서운 사람도
우스운 사람도 없이
오직 나와 같이 가엽고 소중해서
안아주고 싶은 사람일 뿐.
모든 사람은 누구나
몸도 마음도 벌거벗은 아가로
이 세상에 들어왔다.

우물 안
개구리의 행복

속담의 본질과 그 의도에 조금 비켜 간 내 시선일지도 모르지만
과연 사람이 우물 안 개구리를 보고
세상 넓은 줄 모른다고 조롱할 수 있을까?
우물 안 개구리에게 굳이 세상이 넓다는 걸
알려줄 필요가 있을까?
우물 안 개구리가 그 속에서 자신만의 행복을 누릴 수 있다면
그것으로 충분할 수 있다.
우물 밖으로 보이는 하늘이 다일지도 모르지만
우물 안은 드넓은 우주 속의 또 다른 우주이고
소중한 그들만의 보금자리임에는 틀림없다.
중요한 건 자신만의 삶 속에 녹아 있는
스스로의 만족이 아닐까?
세상은 때론 너무 많이 알아서,
아니 여러 매체와 경로로 '알게 돼버려서' 피곤해지고
상대적인 비교로 마음을 다칠 때마저 생기기도 한다.
'행복한 줄 알았는데 더 큰 세상을 보니 행복한 게 아니었어' 하는
무의미하고 슬프기까지 한 깨달음이 무슨 필요가 있을까?

적어도 나는 행복한 개구리를 굳이 끌고 나와서
넓은 세상에 둘 필요는 없다는 생각이다.
우리조차 같은 세상을 살고 있어도 저마다
자신만의 세상 속에 살고 있으니까.
우리 역시 이 넓은 우주의 또 다른
우물 안 개구리일지 모르니까….

내가 세상에 대해
유일하게 아는 것

내가 이 세상에 대해 유일하게 아는 것.
'모른다'는 것….

정해진 운명이나 필연이 없음을
새삼 깨닫는다. 더 재밌는 건
그걸 증명할 방법도 없고
굳이 증명할 필요도 없다는 것.
마치 늘 있었던 숲의 그늘 같다!!

내가 했던 모든 행동이 지금 또는 미래 모습의 원인이자 영향이며
사실은 나를 포함한 세상 모든 사람의 그 쉼 없는 반복에
자연의 현상까지 더해져
서로 얽히고 설켜 세상은 이어지고
끊임없이 현재라는 이름의 결과로 펼쳐질 뿐이다.
그나마 미래의 결과를 위해 진심과 열정이 만들어주는
실현 가능성 80퍼센트 전후의 사각지대가 있지만,
그래서 내 노력이 미래에 원하는 결과의 가능성을 높여주지만,

어디서 어떻게 시작됐는지 전혀 알 수 없는
변수라는 손님이 느닷없이 문을 두드릴지 모르는 일.

결국… 또다시 그리고 여전히
내가 알 듯 말 듯한 이 세상에 대해
유일하게 아는 것,

'모른다'는 것.

회상

국민학생 시절, 학교 운동장에 모여
줄넘기 오래 하기 시합.
모두 같이 시작해서
그렇게 저마다 줄넘기를 하다
줄에 걸리거나 숨이 차면
하나 둘 제자리에 앉기.
마지막에 남은 건 나와
나의 가장 가까운 친구.
부유한 가정 환경에
공부도 외모도 운동도 힘도
모두 상위 1퍼센트인 친구.
그런 자신과 많은 것이 다른 나와도
잘 어울리며 배려해줄 만큼
성격까지도 좋아 인기가 많았던,
지금 생각해도 참 멋진 친구.
그런 친구와 나만 남아
줄넘기를 하고 있는 상황에서

어느 순간 친구들이
하나 둘 그 친구 이름을 외치며 응원하고 있었다.
정확한 기억은 나지 않지만
무척이나 혼란스럽고 복잡한 감정 속에서
나는 조심스럽고 한편으론 자연스럽게
줄넘기를 멈추었고
연이어 아이들의 환호성이 이어졌다.
어떤 마음이었을까…
한참을 더할 수도 있었는데 멈춰버린
그때 어린 내 마음은….
친구들의 기대를 저버리기 싫었던 걸까,
줄넘기 할 힘과는 다른 힘이 빠진 걸까.
아직도 알 수가 없다.

혹시나 그 친구를 다시 마주하게 되면
난 아이처럼 울게 될지 모른다.
그나마 다른 사람보단

내 환경을 잘 알던 친구의 모습 속에
조금은 감당하기 어려웠던 유년의 모습이
고스란히 비쳐질 걸 알기 때문에…
아무 말 없이 그 살얼음 길을 지나온
연민 어린 지금의 나를 만날 수 있기 때문에…

모든 것이 그쳐 다행이다. 정말 다행이다….

현실과 진실

두 눈은 현실을 보고
가슴과 마음으로 진실을 본다.

그곳으로…

걸어가는 만큼 다가간다.
원하는 그곳으로….

소중하다면

소중할수록

때론 저만치 둘 수 있어야 하는

용기 아닌 용기

인내 아닌 인내

그리움이란 건

그리움이란 건 그저 지나갔다는 이유로
그리고 다시 되돌아갈 수 없단 이유로 소중해 보일 뿐
사실 그리 대단하지 않다.
오늘을 보내는 우리들을 보면 잘 알 수 있다.
평범하고 보잘것없어 보이는 오늘이란 이 날을
우리는 먼 훗날 반드시 또 아쉬워하며 그리워한다.
그래서 그것이 오늘을 진심으로
또 가슴으로 살아야 할 이유이기도 하다.
놀든 일하든, 기꺼이 즐김으로…
오늘을 처음처럼, 그리고 마지막처럼….

하지만 유년 시절의 아득하고 애틋한 그리움은
그 자체로 먹먹한 아름다움을 지닌 채
나와 평생을 함께한다.

여전히 소중하고 그렇게 그립다….

이상한 일

자신의 모든 행동이
그 사람의 됨됨이를 훤히 드러내는데
정작 본인은 모른다는 것.
그곳에서 나와 봐야 알지만
의외로 꽤 오래 걸리고
때론 끝까지 그 안에서 모르고 살다 가기도 한다.

오늘도 사치만을
부리는 건 아닌지…

열정과 노력을 기울일 수 없다면
꿈꾸는 것도 사치.

웃으니까
참 좋다

언제든 반겨주는
단골집에 둘러앉아
대단치도 않은 얘기
그마저도 정겨운 일.

고개를 돌려 둘러보면
모르는 사람이지만
삼삼오오 저마다의 얘기로
웃으니까 참 좋다.

술 한 잔에 굳어 있던 마음이 열리며
안주를 먹여주기도 하고
별반 다르지 않은
같은 사람으로서의 연민을
술 한 잔 힘을 빌려 따뜻한 포옹으로 나누며
외롭고 고된 하루 그렇게나마 쉬어 가기를…
화려하진 않지만

따듯한 봄볕을 닮은 인생이
모두에게 펼쳐지기를…

웃으니까 참 좋다,
웃으니까 참 좋다.

때가 되면 내리고
반가울 만큼만 다가왔다 사라지는
이 대지 위에 뿌려지는 비와바향
비와바향 가득한 그 날이 다가온다

Part 2

비 갠 아침
바람의 향기

음악에
묻어 있는 추억

예전의 음악이 듣고 싶은 건
음악 자체만을 들으려는 게 아니야.
음악에 묻어 있는 그 시절 추억을
은연중에 만나고 싶은 거지.
그리고 여전히…

음악과 추억만 그대로구나.

쉽게 장담하지 마

척하면 삼천리, 꽤나 위험한 얘기
어제 그랬다고 오늘도 과연 그럴까?
쉽게 장담하지 마.
언제 어디로 불지 모르는
바람 같은 마음과 세상이니까.

리셋

사람도 전자기기 처럼
때로는 리셋(reset)이 필요해.

비 갠 아침
바람의 향기

아름다운
사람

얼굴이 아름다운 사람을 보면 웃음이 나지만
마음이 아름다운 사람을 보면 눈물이 난다.

덕분에…
덕분에…

이렇게나마 세상이 굴러가고 숨을 쉰다.

세상의 조약돌

아무리 이해가 안 갈 정도로

사람답지 못한 사람도

사실은

누구나 예쁜 아가였다.

무엇이 그들을 그렇게 만들었을까.

누구도 뭐라고 할 수 없는

그저 세상의 소용돌이 속에서 만들어진

작은 조약돌….

병과 약

곤하게 잠든 누군가를
물끄러미 보고 있으면
괜한 안쓰러움이 묻어난다.
가슴 대 가슴으로…
내 모습이 비쳐진다.
사람 대 사람으로…
원치도 않았던 세상에 나와
때론 세상의 거친 바람을 맞으며
한 시대를 같이 걸어가는 사람으로서
세상에게 싱처받고 세상에게 치유받고
사람에게 상처받고 사람에게 치유받는
슬프고도 고마운 이상한 세상 위를 오늘도 걷고 있다.

가장 슬프고 힘들 때가
가장 기쁠 때와 가깝다

빈 웃음이 날 만큼 슬픈 일도 있고

뜨거운 눈물이 날 만큼 기쁜 일도 있고

그 둘의 모습이 다르지만

그래도 희망적인 건

차례가 다를 뿐이라는 것.

슬픈 일 기쁜 일은 서로의 뒷모습을 보며

어느 날 우리에게 찾아온다.

슬픈 일에 모든 게 끝난 듯 좌절하지도 말고

기쁜 일에 들떠서 경솔하지도 않는

담담히, 때론 감사히 차례를 달리해서 겸허하게 대할 일.

가장 슬프고 힘들 때가
가장 기쁠 때와 가깝다.

어른

어른이 아닌
나이만 먹은 사람이 많아

이 하늘 아랜…

전자오락에 담긴
추억

참 많은 컴퓨터 게임이 성행하던 시절을 지나 이제 모바일의 애플리케이션으로까지 등장하고, 그렇게 다양한 게임의 홍수 시대. 우리 아이들이나 내 주위 지인들을 봐도 적어도 서너 가지는 전문적으로 능숙하게 다루는 게임이 있고, 하루의 커다란 일과가 된 게임도 있고, 어딘가에 엉덩이를 걸치기만 하면 아이 어른 구분 없이 반 이상은 휴대폰을 꺼내 묵념하듯 게임을 한다. 그런데 나는 이런 게임에 전혀 흥미를 못 느낀다.

좀 더 전에 유행했던 그 유명하고 흔한 스타크래프트조차 '이 게임이 도대체 뭐길래?' 하고 혼자 해보다 '근데 왜 아무것도 안 나타나지?' 하며 허허벌판을 돌아만 다니다 끝낸 적이 있으니까.

하지만 나는 사실 원조 '게임 폐인'이었다. 초등학교 저학년 때부터, 그러니까 1980년경부터 게임(그 시절엔 이른바 '전자오락')에 그야말로 '쩔어' 살았다. 그때엔 문방구마다 한쪽 구석에 조그마한 공간을 할애해 칸을 쳐놓고 전자오락기 두세 대씩 설치해 놓곤 했다. 그곳은 동네 아이나 형들이 하굣길에 참새 방앗간처럼 꼭 들러서 새로운 기록에 도전하고 나름 하루의 스트레스를 푸는 공간이기도 했다. 아이들의 포장마차라고나 할까. (적절하지 못한 비유지만 왠지 묘한 여운이 나쁘지 않다.)

내가 사는 방배동에 있던, 아직도 내 기억에 남아 있는 '현대문방구'. 이제야 하나 더 고백하자면, 난 그곳의 하숙생이었다. 통상적인 하숙생은 주로 해가 뜨면 학교나 외부의 볼일을 보고 저녁에와서 밥 먹고 잠자기 마련이지만, 난 학교 외엔 주로 문방구에서활동하고 잠만 잠깐 자택에서 자고 왔다는 게 다를 뿐이었다.

언뜻 생각나는 그 시대의 게임을 보면, 흑백 모니터에 빨강 노랑초록 등의 셀로판지를 붙여 착시 컬러 전자오락기로 유통되던 '벽돌 깨기'를 필두로 '스페이스 인베이더스' '방구차'(이 게임의 배경음악은 아직도 좋다.) '탱크' '뽀빠이' '팩맨' '너구리' '킹콩' '갤러그' '제비우스' 같은 굵직한 게임과 그사이에도 수없이 생겨나고없어지는 오락 게임들이 있었으며, 나는 그 게임들과 정을 나누는생활에 푸욱 빠졌다. 그러다 중학교 2학년 때 아마도 '끝없이 할수 있었던 내 인생의 마지막 게임'인 '1942'를 끝으로 그 바닥에서 손을 털지 않았나 싶다. 그 후론 20대에 '테트리스'나 '버블버블'을 가끔 했던 게 다였으니까.

게임과 얽힌 좀 당황스런 에피소드가 하나 있다. 내가 30대 전후이던 어느 날, 팬이라며 한 여학생한테 전화가 왔다. 그러면서 아버지한테 내 이야기를 많이 들었다고 했다. 나는 좀 의아해서 "아버지가 누구신데요?" 하고 물었더니 '현대문방구 주인아저씨' 라고 해서 무척이나 놀랐다. 초등학생인 내가 현대문방구를 드나들던 때 주인아저씨와 아주머니 품에는 늘 작은 아기가 안겨 젖을 먹고 있었는데, 바로 그 아기가 그새 여학생이 되어 나랑 통화를 하고 있는 것이었다.

아버지는 건강하시냐고 안부만 묻고 통화를 끝냈지만, 오래지 않아 문득 궁금한 생각이 들었다. 현대문방구 아저씨는 그 게임 폐인 오태호가 음악인 오태호가 됐다는 걸 어떻게 아셨기에 딸에게 내 얘길 하셨을까? 중학생 이후로는 그곳에 간 적이 없는 걸로 기억하는데. 더구나 나는 방송에 나간 일도 거의 없고. 혹시 장성해서도 여전히 그곳에 살며 그 문방구를 들르는 다른 동료 폐인들이 소식을 전해줬을까? 아무튼 이쯤 되니 여러 생각이 꼬리를 문다. 지금도 여전히 문방구를 하고 계실까? 이참에 한번 찾아가볼까? 그리고 이 기회에 주인아저씨께 다시 한 번 사과를 드리고 싶은 일이 있다. 그땐 용돈이 궁해서 오락 몇 판만 하면 빈털터리가 되어 다른 친구들이 오락하는 걸 지켜보며 훈수 두는 게 일이었다. 그런 궁한 사정 땐 누구나 쉽게 빠질 수 있는 게 전자오락을 공짜로 할 수 있는 몇 가지 음성적인 방법이다.

그 시절에 전자오락을 했던 동료들은 거의 다 알겠지만, 하나는 테니스 줄을 적당히 자른 후 끝을 꺾어서 동전 투입구에 넣고 감

으로 살짝살짝 건드려 100원짜리 동전을 넣은 걸로 인식시키는 방법이다. 또 하나는 10원짜리 동전을 10개쯤 모아서 그 테두리에 투명 테이프를 여러 번 둘러 100원짜리 동전만 한 두께로 만든 다음 얇은 칼로 동전을 하나씩 잘라내는 방법이다.

그런 방법으로 오락을 하다 들켜 혼난 적이 많았다. 10원짜리를 100원짜리로 만드는 두 번째 방법은 그 과정에 쏟아야 하는 집중력이나 성의가 만만치 않아 그 어린 마음에도 '이건 진짜 100원짜리보다 쓰기가 더 아깝다'고 생각했다. 더불어 '이걸 본 주인아저씨의 마음이 어떨까' 너무나 걱정이 되어 늘 이번이 마지막이라고 생각했던 것 같다. 정말 후회스럽고 꼭 다시 한 번 사과하고 싶은 일이다.

아무튼 그렇게 현대문방구에서 오랜 하숙 생활을 한 경력으로 전자오락의 달인이 되었고 그 명맥을 중학생 때까지 유지해갔다. 오락실에서 게임을 할 때면 항상 내 뒤에는 구경하는 사람들로 꽤나 북적거렸다. 당시 현대문방구에서 나와 비슷한 삶을 사는 두세 살 많은 형도 유명했는데, 우린 서로 눈빛으로 교감하며 '우리가 현대문방구의 양대 산맥이야' 하는 쓸데없는 자부심을 키워나갔다. 그러다가 그 형이 좀 더 큰 세계를 견학하고 오자면서 어린 내 손을 잡고 어딘가 데려갔는데, 전자오락실의 메카이자 산실인 영등포였던 걸로 기억된다. 쪽방 생활만 하던 내겐 그 규모나 시설만으로도 별천지였다. 안으로 들어서니 그 펼쳐진 오락실 내부의 전

자오락기 대수에서 풍기는 위엄이 우리가 방배동 시골에서 출장
왔음을 바로 자각시켜주었다. 앉아계신 고객층도 우리 같은 초등
학생이나 중학생은 아무도 없이 오로지 아저씨들.

그러다 언뜻 맘속으로 제일 궁금했던, 아저씨들의 실력이 알고 싶
어서 어떤 게임의 최고 기록을 들여다봤는데 '어? 별 차이 없네?
오히려 우리 현대문방구에 흔히 있는 최고 기록보다 낮잖아' 하는
생각이 들었다. 그러다 뭔가 이상해서 다시 자세히 들여다보고 난
주저앉을 뻔했다. 거기 스코어엔 우리네 그것보다 0이 하나 더 붙
어 있었다.

전혀 다른 세계였던 것이다. 두 배도 아닌 10배가 넘는…. 난 그
일 덕분에 '세상은 넓고 오락하는 아저씨들은 많다'는 교훈을 얻
고 무척 겸손한 아이로 클 수 있었다.

그때의 내 꿈은 대통령도 변호사도 외교관도 아니었다. 어른이 되
면 큰 거실이 있는 집을 사서 세상에 있는 전자오락 기계를 모두
가져다 놓고 하루 종일 마음껏 해보는 게 꿈이었다. 지금 생각해
보면 미취학 아동 수준의 유치한 꿈이었지만 정말로 그땐 나름 진
지했다.

그런데 그렇게 좋아하던 전자오락이 신기하게 고등학생 때부턴
아무 감흥이 없어졌고 그 이후로는 컴퓨터 게임이나 모바일 게임
을 전혀 하지 않게 되었다. 일부러 해보려고 노력까지 했는데도
몇 번 하면 모두 일처럼 느껴졌기 때문이다. 무언가를 한번 물리

도록 해보고 나면 다시 보고 싶지 않은 생리도 살짝 있지 않나 싶고, 중학생 말미부터는 기타와 음악에 빠져서 다른 건 돌아볼 시간이 없었던 것도 이유일 듯싶다.

그리고 요즘 부모들이 엇비슷하듯 나 역시 게임에 빠진 우리 아이들을 보며 걱정도 많지만 나도 걸어왔던 길이고 그나마도 순탄치 않았던 내가 말할 처지가 아니라 그저 시간적으로 제한을 두는 쪽으로 합의를 본다.

덧붙여 우리 어린 시절엔 한겨울에도 양지 바른 처마 밑에 모여 딱지놀이나 고무줄놀이, 구슬치기 등 여가 활동에 여념이 없다가 엄마가 저녁 먹으라는 소리에 내일을 기약하며 아쉽게 귀가하는 일이 많았는데, 요새는 여러 가지 이유로 점점 더 아이들이 마음껏 뛰어놀 놀이 환경이나 문화에 대한 인식이 협소해지는 듯해서 유감이다. 보도블록이나 아스팔트가 아닌 땅이 그립다.

그나저나 이번엔 정말 마음먹고 초등학생 때 하숙집을 조심스레 다녀와 볼 예정이다.

겸손에 대하여

겸손은 '세상의 변수'가 지닌 황당하고
뜬금없는 성격을 알아감으로써
모든 일에 여지를 두는 '자연스런 마음가짐'에 가깝고
또한 넓은 세상으로 나아갈수록
작은 자신을 진심으로 알게 되는
'깨달음'의 반영인 듯싶다.

내가 보거나 들어온 존경스런 이들은
한결같이 겸손하고 털털하다는 공통점을 지니는데
흔히 그런 어떤 일의 고수라고 하는 이들은
자신의 분야에 몰두할수록,
그 끝없는 미지의 세상을 알게 될수록
알 수 없는 것에 대한 경외심을 느끼며
자연스레 인생과 사람을 대하는 성품마저
겸손해지지 않았나 싶다.

겸손을 모른다는 건 그만큼 작은 세계에 살고 있다는 사실을

스스로 고백하는 것과 마찬가지란 생각이 든다.

매사를 앞서 판단한다거나,

자신의 짐작을 과신한다거나 하는 것도

다르게 보면 그만큼 어느 분야에 전문적이지 않다거나

넓은 세상을 진심으로 깨달아본 적이 없다는 것의 방증….

시간은…

시간은 소리 없는 탱크처럼
너무도 우직하고 근엄하게
매순간을 지나간다.
과연 오기나 할까 싶은
지리하고 먼, 미래의 약속의 날도
말없이 한 걸음 한 걸음 다가오고
결국은 그 날이 오며 또한 그 날을 뒤로하고
그렇게 한없이 멀어져 간다.

무서울 정도로 고지식하고
아득할 정도로 조용하다

시간은…

내 일

힘든 일이 끝나간다는 것
참 기쁘고 설레는 일.
그것이 퇴근 시간처럼
정해져 있다면 더욱….
내 모든 노력이 나와 사랑하는 이들의
미래를 만들어 주고
그 끝이 내일처럼 가깝게 다가올 때의
즐거운 두근거림.

그래, 내일은 내 일이다.
다른 누구도 아닌 내 일….

열쇠는
내게 있다

나 하기 나름대로 세상은 돌아가고 만들어져간다.
모든 원심력의 시작은 나, 그리고 주변으로….
결국 모든 열쇠는 내가 쥔 채
세상에서 찾아 헤매고 불평하다
무심한 시간에 실려 어느 곳으론가 흘러간다.

흔한
시행착오

꿈을 이루기 위해서는 포기해야 할 것도 있고
본의 아니게 잃는 것도 있고
그 꿈의 크기만 한 시련도 있기 마련
누구나 갈 수 있는 곳은 붐비기 마련
하지만 자신이 꿈이라 여기고 그렇게 매달리던
그 무엇이 어느 날 나에게 안 맞는 옷이나 신발이었음을
알게 되는 때도 몇 번은 있지.
마치 사랑처럼…

저마다의 진리

저마다의 형편과 상황에 맞는
소중한 깨우침으로 살아간다.
그것이 진리로 알고 살아간다.
사실 또 그것이 진리다.
비록 착각에 가까워 잠시이거나
적용되는 유효 기간이 짧을지 모르지만….
그리고 좀 더 많은 경험과 시행착오로 수정해가고
그것이 삶 속에 한결같을수록 진리에 가까운 거겠지.

가족 이야기

그리운 친구들 모두 안녕하세요.
지난 7월 1일 이후로 기쁜 소식이 있어서 이렇게 겸사겸사 들어왔습니다.

우리 둘째 유민이가 첫째에 이어 아토피 때문에 심하게 고생한다고 저번에 소식을 전한 적이 있는데, 주변에 아는 분이 소개해준 한약 크림을 바르고 새 사람이 되어가고 있습니다.
아토피 환자 가족을 둔 분이라면 거의 다 알듯이, 그 오랜 시간을 아토피에 좋다면 어디든 찾아다니며 안 해본 거 없이 다 해봐도 별 호전이 없었는데 그 약으로 좋아진 지 세 달이 넘어가는 중이라, 이젠 조심스레 정말 완치되는 게 아닐까 하는 희망을 안고 살아갑니다. 얼마 전에 유민이 사진을 모아 못하는 포토샵이지만 시간 경과에 따라 정리를 해봤습니다.
2005년 3월부터 2006년 8월까지 사진의 날짜를 보면 알 수 있듯이 7월 이후로 많이 나아졌죠? 혼자서 시간별로 정리하는데 주책

＊이 글은 제 팬카페에 올렸던 글을 수정 보완한 것입니다.

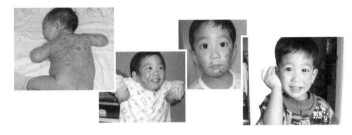

없이 눈물이 나더라고요. 이렇게 예쁜 아이를 고생시킨 것도 그렇고, 겪어보지 않으면 상상하기 어려운 고생을 함께한 유민이 엄마와 식구들이 보냈던 그 시절이 떠올라서.

그나마 더 심한 희소병이 아니라는 생각으로 웃으며 지나왔지만, 참으로 애타는 병이랍니다, 아토피라는 건. 가장 심했을 때는 그 어린 몸으로 만 하루를 단 한 번도 그치지 않고 꼬박 운 적도 있습니다.

세상에서 정말 안타까운 일 가운데 하나가 사랑하는 사람이 아파하는 걸 어떻게 해주지도 못하고 그저 바라만 봐야 하는 것이라는 걸 너무도 슬프게 깨닫습니다.

요즘은 소중한 가족 때문에 많은 기쁨과 힘이 생기지만 한편으론 이런 고마움과 행복에, 또 그 묘한 정 때문에 오히려 마음이 약해지곤 합니다. 소중한 무엇을 가지는 일은 또 그렇게 잃을까봐 걱정되는 무언가를 안고 가는 것.

어쩌면 아이보다 몸과 마음이 더 힘들었을 유민이 엄마. 그동안에 그 어깨가 얼마나 야위었는지 문득 깨달을 때마다 가슴이 시려옵니다. 그러면서도 언제든 내가 기대어 쉴 수 있는 온기와 그늘을 함께 가진 사람. 아이는 때가 되면 어디론가 훨훨 날아갈 새이지만 제 옆의 아내는 죽는 날까지 함께할 단 하나뿐인 사람이잖아요. 그리고 손자 때문에 항상 노심초사하다 잠든 어머니를 볼 때도. 그 오랜 시간 우리와 함께 걷던 그 발걸음을 조금씩 멈출 때가 다가온다는 사실 때문에, 그동안 함께한 정과 남은 시간이 너무나 대조되어서 슬픈 마음이 가슴을 할퀴고. 저를 은혜나 유민이처럼 보듬어주고, 거친 길에 손잡아주던 어머니인데. 몸도 현실도 차갑던 그 시절에.

얼마 전엔 쓰시던 틀니가 헐거워져 새로 하러 갔더니 병원에선 어머니 잇몸이 너무 헐어서 새로 하더라도 잇몸에 닿아 많이 아프실 거라고 하더군요. 그 말에 왜 그리 왈칵 눈물이 나는지 화장실로 달려가 한참을 나오지 못하고.

도대체 정이 뭐기에 이토록 행복한 삶 한가운데 서 있으면서도 괜한 미래의 걱정에 가슴을 아프게 만드는 걸까 싶습니다. 그럴 때마다 결론은 강해지는 수밖에 없다는 것. 그들의 울타리니까. 그들의 믿음이니까. 또 기꺼이 그럴 수 있는 건, 이미 난 그들에게 모든 걸 받았으니까요.

부디 모든 게 조금씩이나마 점점 나아지길 꿈꿔봅니다.
혹시나 여러분 앞에도 힘든 현실이 있다면 꼭 점점 나아지길 희망해봅니다.

비아바향

어느날부턴가 혼자 이름 붙이고
혼자 아껴 맡는 향기
비아바향~
비 갠 아침 바람의 향기
모든 이의 삶 위에 소리 없이 뿌려지길
먼지 끼고 더럽혀져 희뿌연 지난날이
깨끗이 씻기길
싱그러운 향기를 전해주는 저마다의 인생으로 걸어가길

수많은 향수처럼 사지 않아도 되고, 팔지도 않는
때가 되면 내리고
반가울 만큼만 다가왔다 사라지는
이 대지 위에
뿌려지는 비아바향
비아바향 가득한 그 날이 다가온다

나는 나대로 너는 너대로
이건 이대로 저건 저대로
세상 모든 그대로
저마다의 소중한 색깔
우주 안의 유일무이한 최고의 존재

Part 3

세상 모든
그대로

술 한 잔

두런두런 둘러앉아 고민도 잊고
사심 없이 주고받던 사는 얘기들
그 웃음들이 그립다
사람들이 그립다
그것이 술이 좋은 이유다
살아 있음이 좋은 이유다
서로의 어깨와 가슴이 그리운
사람임을 위로받는 이유다

당연히

모든 아름다움의 그림자엔

고통과 외로움의 눈물이
친구로 함께했었다.

둘 중 하나?

옳고 그름, 좋고 나쁨, 잘하고 못함.

언제부턴가 매사를 그저 있는 대로
보고 느끼기보단
평가하고 정의 내리기에 익숙해졌다.
그것도 상반된 표현 중에 하나를 고르는 데 익숙하다.
옳지도 그르지도 않은 일도 있고
좋지도 나쁘지도 않은 감정도 있으며
잘하지도 못하지도 않는 수준이 있는데
그리고 그 사이사이에도 무한한 단위가 있는데….

디지털시계가 아닌 아날로그시계 같은 이 세상에는
가끔은 무언(無言)이
더 풍부한 표현력을 갖고 있다는 생각이 든다.

운전

어제라는 이름으로 무슨 일이 있었건
지금이란 자동차는 미래라는 여행지를 향해
그렇게 쉼 없이 나아간다.
현재의 내가 핸들을 잡지 않으면
조금씩 원치 않는 삶으로 진입하고
때로는 위험해질 수도 있다.
아무리 험하고 슬프게 어제를 지나왔어도
지금에 있는 이상
어제보단 내일로 연결된 지금이 중요하다.

세상을 향한 내 삶의 운전석에는
나밖에 탈 수 없다.
나밖에 운전할 수 없다.

얼굴
다르듯

저마다 얼굴이 다른 건 잘 알면서

이 땅 위에 존재하는 인구수,

딱 그만큼 생각이 다를 수 있다는 걸
이해하는 게 왜 그렇게 어려울까?

과분한 행복

더 이상의 행복은 어디에도 없을 듯한
과분한 행복의 한가운데 안겨 있다.
누구나 원하는 부와 명예가 아니어도
누구나 말하는 환경의 행복은 아니어도….

죽음이 더 가까운 듯한 삶이
끝도 없이 이어지던 나에게
희망이라곤 따스한 햇살이 전부였던 나에게
지금 기적은 매 순간 내 곁에서 숨을 쉰다.
나만의 가족이 생기고
우리의 아이가 생기고
평범한 하루의 행복이 두 뺨을 부비고….

아이의 뜬금없는 엉뚱한 말 한 마디에
어디로든 걸어갈 수 있는 두 다리에
곤히 잠자는 아내를 물끄러미 볼 수 있는 두 눈에
기쁨과 감동이 가슴을 채우고

있으면 있는 대로 없으면 없는 대로

언제나 비바람을 각오할 수 있고

그 무엇도 두렵지 않은 건

이들이 내 손을 잡고 있기에

이들이 내 울타리 안에 잠들어 있기에

나란 사람의 의미를
만들어주었기 때문에….

여름

교실 창밖에서 울리던 매미의 푸른 노랫소리
시원한 느티나무 가지 사이로
반짝이는 햇살이 춤을 추던 여름
턱을 괴고 멍하니 그 운동장을 바라보던 나
그 소중한 한낮이
아직도 가슴속에 살고 있다
나를 부르고 있다
지금 마음 이대로
그때로 돌아간다면
무언가 많이 달라질까
아니면 그저 덧없는 반복을
한 번 더 하게 될 뿐일까
그리움인지 아쉬움인지
알 수 없는 그 여름
다시는 돌아갈 수 없는
가슴 속 푸르른 그 이름

김현식 선배님과
'내 사랑 내 곁에'

'내 사랑 내 곁에'란 곡은 저의 기억으론 1989년, 그러니까 제가 22세 때 쓴 곡입니다. 신촌블루스에서 엄인호 선배님과 기타를 연주하며 많은 것을 배우던 시절로, 어느 지방 공연 때였습니다.
당시 김현식 선배님이 게스트로 함께 투어를 다니셨는데 무대에 오르기 전 대기실에서 제가 혼자 기타를 치며 흥얼거리는 곡을 저만치에서 듣고는 그 곡이 뭐냐고 물어 오셨죠. 얼마 전에 제가 만들어본 곡이라고 얘기하자 바로 "나 줄래?" 하셨고, 저는 큰 영광이기 때문에 1초의 망설임도 없이 "그러세요." 했습니다.

그 작고 아주 우연한 일이 먼 미래에 이렇게 큰 반향을 일으키리라곤 선배님도 저도 짐작하지 못한 일이었습니다.
그렇게 투어가 끝나고 서울 방배동 어느 카페에서 만나 제가 어설프게 부른 노래 테이프와 악보를 선배님에게 넘겨준 후 꽤 오랜 시간을 뵙지 못했던 것 같습니다. 그 후 어느 날 동네 레코드 가게를 지나다가 선배님의 새 앨범이 나왔다는 포스터를 보고 들어가서 확인해보니 어느 면에도 제가 드린 노래는 실려 있지 않았죠.
그때의 실망이 아직도 기억납니다.

그러다 선배님이 너무도 허무하게 돌아가셨다는 소식을 접하고 1990년 말인가 1991년 초 즈음에 푸른하늘의 유영석 형네 집에 모여서 이런저런 얘길 하고 있는데, 뜬금없이 영석이 형이 "아, 맞다. 태호야, 네 곡 현식이 형 유작 앨범에 타이틀로 실렸더라." 하는 거였습니다. 저는 유작 앨범이 있는지조차도 몰랐는데 선배님과 같은 기획사 소속이던 유영석 형은 그 소식을 알고 있던 거였죠.

그때는 가수가 활동을 적극적으로 해야 곡이 홍보가 될까 말까 한 시절이었기 때문에 그즈음 제 주변의 분들 모두 '선배님이 돌아가셔서 그냥 그 곡은 묻히겠다.' 면서 위로 아닌 위로를 해주었던 기억이 납니다.

그렇게 또 시간이 흐르고, 우연히 신촌의 꽤 큰 록카페(사장님이 대머리였는데 카페 이름이 기억이 안 나네요)에 갔을 때였습니다. 일행들과 한잔하고 있는데 갑자기 익숙한 전주가 흘러나왔습니다. 바로 '내 사랑 내 곁에' 였죠. 그런데 그 곡을 제가 인지하는 바로 그 순간, 카페 안의 모든 손님이 "우~와~!!" 환호성을 지르며 자리에서 일어났습니다. 저는 무슨 영문인지 몰라 어리둥절해하고만 있었는데 나중에 알고 보니 신촌에는 이미 그 곡이 속된 말로 '대박' 이 나 있었다고 합니다.

신촌이나 홍대 주변이 음악적으로 앞서가던 동네이면서 워낙 명성이 높던 김현식 선배님이 자주 출몰했던 지역이다 보니 이미 그 곡이 알려질 대로 알려진 상황이었나 봅니다. 지금 생각해도 그런

소름 끼치는 경험은 다시없을 것 같습니다.

그 후로 그 곡은 라디오를 비롯해 주변에서 자주 들리고 선배님도 없이 선배님을 그리는 모든 이의 가슴에서 가슴으로 전해지며 대중적으로도 큰 사랑을 받았습니다.

사실 '내 사랑 내 곁에'는 제가 만든 곡들 중에 그저 또 다른 한 곡에 지나지 않을 수 있었는데 선배님의 명성에 묻어서, 또 선배님의 목소리에 실려서 제 삶에 너무도 많은 부분에 소중한 선물 같은 의미로 함께하고 있습니다.

아직도 가끔 제 실력이나 노력에 비해 과분한 운이 찾아올 때면 문득 선배님이 하늘에서 도와주고 계시고 있다는 생각을 하기도 하니까요.

돌이켜보면 선배님과 함께한 기억 중에 제법 생생한 것이 몇 가지 있는데 '서울스튜디오'(당시 많은 음악인이 선호하던 녹음실)가 있던 동부이촌동의 어느 일식집에서 뜬금없이 제 팔을 주먹으로 툭 치며(딱 으스러지지 않을 만한 강도로) 살아 있는 큰 새우를 먹어보라며 까 주시던 일, 장소와 밤낮을 가리지 않고 맥주 컵에 소주를 한가득 따른 뒤 "먹자" 하며 건배를 권하시던 일, 선배님도 형편이 어려우면서 공연 후엔 당신의 출연료로 후배들에게 차비나 용돈을 챙겨 주시던 일 등등.

그리고 돌아가시기 전 어느 호텔 공연에서 배는 물론이고 발도 농구화만큼 부어 있던 일, 그런 웃고 울던 일들이 기억력이 좋지 않

비 갠 아침
바람의 향기

은 저임에도 불구하고 지난해 일처럼 아직도 선명하게 남아 있습니다.

술을 사랑하고 어려운 사람을 사랑할 줄 아셨던, 그리고 무엇보다도 음악을 사랑하셨던 선배님이 제 곡을 불러주셨다는 게 요즘 들어 더없이 감사하고 영광스럽게 느껴집니다.

이 글을 씀으로 다시 한 번 김현식 선배님의 평온한 명복을 기원하며 그분 삶의 한쪽에 자리한 제 곡과 그 시절 하늘 아래 있었던 이야기를 조심스레 마칩니다.

진심

진심은 어떤 식으로든 닿는다
우연 같지만 필연의 모습으로
수많은 경로를 돌아서라도…
간절하다면 반은 이미 닿아 있고
꾸준할 수 있다면 시간의 문제일 뿐이다
거대한 모래시계를 뒤집어놓은 것처럼
얼마나 걸릴지는 누구도 모르지만
소리 없이 모래는 떨어지고
결국…,

마지막 모래 한 알이 떨어지며 꿈이 이뤄진다
진심이 전해진다

마음의 모니터

이런저런 생각에 잠기다 보면 떠오르는 얼굴이나 장면이 있다.
오랜 세월이 흘렀어도 선명하게 그려지는 모습들.

그런데 문득 그 얼굴이나 장면이
어디에 떠오르는지 궁금해졌다.
(지금, 같이 느껴보고 싶다면 추억 속의 사람이든
현재 가까운 가족이나 지인이든 떠올려보시길)
다시 말하면 꿈이나 상상이 비쳐지는 화면은
어디에 있는 걸까에 대한 의문.

그건 딱히 어떤 보드나 디스플레이 같은 화면이 있는 게 아니라
투명하게 머리 어딘가에 그야말로 '떠 있는' 모습들.
컴퓨터의 어딘가에 저장되어 있는 그림이나 동영상 파일을
모니터 없이 볼 수 있는 상황.

그리고 그건 애초에 눈으로 보는 것이 아니라
눈을 감아도 볼 수 있다는 사실이 더 신비롭기까지 한….

저장된 기억을 망막으로 바로 느낀다고 생각하기도 빈틈이 많은
이 떠 있는 모습은, 본다고 하기보단 느끼는 것에 가까운 걸까.
그리고 이 모든 것도 어쩌면 일부분일 정도로
경이로움으로 가득한 몸을 가졌다,
우리라는 사람은.

감사의 인사

이지선*
그리고 닉 부이치치.**
세상 사람들에게 힘과 용기를 주고 싶다는 그들의 사명.
난 그들의 사명이 이끌어준 수많은 사람 중 한 사람이다.
이렇게 그들에게 경의와 존경을 온 마음으로 전할 수 있는
기회가 있음에 무척이나 감사할 따름이다.
이들이 있어 나는 지금의 나로 존재할 수 있었다.

*이지선 : 〈지선아 사랑해〉의 작가.
**닉 부이치치 : 팔과 다리가 없이 태어난 행복전도사.

아이들

아이들은 어딘가에 내려주면 절대 점잖게 걷는 법이 없다.
무조건 목적지까지 뛰어간다.
그 에너지 가득 찬 모습이 재밌고 한편으론 부럽다.
나이는 어느 목적지에 이르는 발걸음의
소요 시간과 비례하는 걸까?

위험한 사람

가슴으로 대화할 여지가 없으면서
지식만 많은 사람은
위험하다.

100년 후면

지금 이 세상 위의 모든 사람도

100년 후면
거의 존재하지 않는다….

고마운 일

가끔 나와 다른 직업의 일을 수박 겉 핥기 식으로나마
경험하게 되는 때가 있다.
그러다 얼마 되지 않아 정신적으로나 육체적으로
어려운 상황에 부딪히게 되면
제일 먼저 드는 생각.
'그나마 나한텐 음악이나 글 쓰는 일이 제일 쉬워…'
세상의 수많은 저마다의 직업을 가진 모든 분들이 새삼
고맙고 존경스러울 뿐이다.
난 내 일에 얼마나 진지하고 열정적으로 임하고 있는 걸까….

맛의 세계,
음식의 세계

꼭 해보고 싶었던 얘기 중 하나는 먹는 얘기, 음식 얘기.

음식 얘기라고는 하지만 음식에 대한 분석이나 그와 관련된 역사나 문화 등의 전문적인 얘기도 아니고, 그럴 능력이나 지식도 나에겐 없다. 그저 친구들과 모여 먹는 얘기하듯 생각이 흘러가는 대로 써내려가는 이야기.

너무 원초적이고 단순하다고 생각할지 모르지만 사람과 사람 사이의 교감에서 오는 행복을 제외해두고 내가 감히 말할 수 있는 건 '난 무언가 먹을 때 가장 행복하고 즐겁다'는 것. 가끔은 배가 불러서 포만감이 온다는 사실이 서운하고 화날 때가 있을 정도니까. 그리고 음식을 만든다는 것, 말하자면 요리는 무한의 조합을 바탕으로 한 아름다운 종합 예술. 생명과 기분에 직접적으로 연결되는 이런 예술은 드물다고 생각한다.

따끈한 국물 한 술 뜨다 눈물이 난 적도 있듯 음식엔 추억과 감동이 있고, 화가 나거나 우울할 땐 맵거나 시원한 음식을 먹음으로써 위로가 되는, 심지어는 몸의 병까지 다스리고 치유해주는 자연 속의 음식들.

그리고 그 속의 오묘한 맛의 세계는 너무나 방대하고 한편으론 섬
세해서 언어의 한계를 가장 크게 느끼게 하고, 결국 먹어봐야만
알 수 있는 감각의 세계.

음식 프로그램에서 인터뷰를 하는 이들을 보면 늘 느끼듯, 달고
짜고 맵고 시고 같은 기본적인 표현 외엔 부드럽거나 쫄깃하거나
느끼하거나 담백하고 시원하다는 정도로밖엔 표현이 안 되는 그
많은 종류의 맛들.

굴 한 봉지를 펼쳐놓고 까먹으면 같은 굴이라도 그 맛이 다 다를
정도이니 맛의 세계는 이미 표현의 세계 저 너머라고 처음부터 인
식해야 할 문제.

그리고 오랜 내 지론이지만 음식을 맛있게 먹는 몇 가지 요소나
환경이 있다. 우선은 허무할 정도로 아주 기본적인 얘기지만 배가
고파야 맛있다는 것. 오이나 당근 같은 채소조차 하루만 굶고 먹
으면 삼겹살 부럽지 않고, 이미 배가 심히 부른 상태에선 어떤 세
상의 일류 요리도 쳐다보기 싫은 게 인지상정.

그리고 두 번째로는 혼자보단 여럿이 먹어야 맛있다(가끔은 혼자 어
질러놓고 티브이 보며 먹는 음식도 맛있긴 하지만). 세 번째로 실내보단
야외에서 먹는 게 맛있고, 끝으로 아무리 맛난 음식이라도 마음이
편해야 맛있다는 것.

그리고 음식에 관한 한 개인적으로 다행스럽게 생각하는 건 한국

에서 태어났다는 것.

전 세계 음식을 모두 맛본 건 아니지만 나름 여러 나라의 요리를 꽤나 먹었고 실제로 좋아하는 외국 음식도 많다. 하지만 역시 내 겐 한국 음식이 가장 만족스럽고 한글과 더불어 한국인으로서의 묘한 자부심까지 느끼게 해준다.

음식은 수많은 시간을 그 나라의 여건과 상황에 맞게 바뀌며 전해 져 내려오는 문화이기 때문에 굳이 우열을 따지고 싶은 것이 아니 고, 그저 한국인인지라 한국 음식이 나에겐 가장 잘 맞고 한 술 더 떠 가장 다양하고 깊이까지 있는 경이로움과 감사함의 대상 그 자 체라는 것이다. 그 다양성과 깊이는 김치 종류나 나물 종류 또는 젓갈 종류만 봐도 잘 알 수 있으니까.

참고로 호감 갔던 외국 음식에 대한 기억은 손으로 먹는 음식 문 화권에서의 경험이다. 바나나 잎 등 자연의 재료 위에 담아낸 음 식. 그걸 손으로 먹으니 더 맛있고 더불어 왠지 아이처럼 자유롭 고 편한 자연인의 기분마저 느꼈다. 그건 마치 여름날 집에 혼자 있을 때 시원하게 샤워를 마친 후 원초적인 인간이 되어 발가벗고 이 방 저 방 돌아다닐 때의 기분과 무척이나 닮았다.

그리고 설거지가 걸림돌이고 걱정이 되긴 하지만 나는 음식 만들 기를 참 재밌어한다. 어떤 레시피를 잘 안다기보단 냉장고에 있는 재료를 아무렇게나 구상해서 느낌으로 만들어 먹기를. 어쩌면 발

명에 가깝지만, 먹을 수 있는 음식이라는 목적 달성에는 아무런 하자가 없다.

또 나는 모든 음식을 가리지 않고 맛있게 먹는다. (중학생 시절 점심 시간에 음식을 몹시 가려 먹던 친구가 생각난다. 그 친구 어머니의 음식 솜씨가 무척 좋았기에 반 아이들이 반찬을 너무 뺏어 먹으니까 항상 손으로 도시락을 가린 채 먹었다.) 늘 맛나게 먹으니 어릴 적부터 웃어른에게 "참 복 있게 먹는다."거나 "밥 먹는데 복이 들었다."는 말을 자주 듣곤 했다.

요즘도 여럿이 식사할 때면 각자 다른 메뉴를 주문해 먹다가도 내가 먹는 모습을 보고 "그렇게 맛있어? 나도 그걸 시킬 걸 그랬나?" 하면서 내가 주문한 음식을 맛보는 일행이 꼭 한 명은 있을 정도. 하다못해 여름엔 찬물에 밥 말아서 멸치를 고추장에 찍어 먹어도 그렇게 맛있을 수 없으니까. (얼마 전 친한 초등학교 동창에게 "너, 어렸을 때 식탐 있었다."는 부끄러운 얘기까지 들었다.)

육류도 잘 먹긴 하지만 해산물을 조금 더 선호하는 편. 그리고 이쯤에서 내가 제일 좋아하는 음식을 말하자면, 나이에 따라 식성도 변해갈 테지만 아직까지 한결같은 건 '간장게장'이다. 그리고 '게' 대신 '새우'를 넣은 새우장도 간장게장과 비길 정도. 여기에 해물찜, 멍게젓갈, 메밀국수와 밀면, 수많은 종류의 회와 초밥 등등. (음식을 나열하니 슬슬 흥분이 되는데…)

음식에 있어 한 가지 아쉬운 건 잊을 만하면 한 번씩 TV에 나오는, 음식 가지고 장난치는 사람들이다. 내 앞의 음식이 어떤 과정을 거쳐 왔는지 알 수 없는 일. 그래서 외식을 하게 될 경우 단골이 좋은 건 오랫동안 주인의 성품을 보고 겪은 터라 그 사람을 믿고 먹을 수 있다는 것. 같은 음식도 어디에 담느냐에 따라 맛이 달라지고, 엄밀히 말하면 기분이 달라져 맛도 다르다고 느끼기 마련이기 때문에 웬만하면 친절한 한마디와 함께 미리 챙겨주고 베풀어주는 서빙으로 마음이 흐뭇해지는 식당을 찾게 된다.

밤새도록 해도 지루하지 않은 음식 얘기, 먹는 이야기. 서먹한 사이였다가도 밥 먹으면서 친해지고 먹는 이야기하다 마음이 열리듯 근본적인 삶의 영위 요소로서도, 사람과 사람 사이의 친화 요소로서도 우리와 떨어질 수 없는 음식과 그에 관한 이야기들을 나는 좋아하지 않을 수 없다.

그리고 언제부턴가 매 끼를 굶지 않고 오히려 선택해서 먹을 수 있는 형편이 감사하게만 느껴진다. 예전엔 많은 사람이 한 끼, 한 끼를 걱정했던 시절도 있었고, 실제로 나 역시 점심을 굶은 적도 많았으니까.

어쩌면 그때의 기억이 음식에 대한 감사로 이어져 식당에 가면 남은 음식 포장 예찬론자가 되었는지 모를 일이고, 이런 경우가 아니더라도 기본적으로 우린 눈앞의 음식에 대한 고마움을 잊지 말아야 할 일이 아닌가 싶다. 그래야 그야말로 '한 맛' 더 날 수도 있고, 더 즐겁게 교감할 수도 있으니.

그나저나 우리 언제, "밥 한번 먹읍시다!!"

아름다운
이름

내가 뭐라고 이렇게 가족들이 반겨주나

내가 뭐라고 이렇게 따듯한 물에 샤워를 하고 있나

내가 뭐라고 이렇게 맛있는 비빔국수를 먹고 있나

내가 뭐라고 이렇게 재미있는 아이들의 재롱을 보고 있나

내가 뭐라고 이렇게 푸근한 이부자리가 펴져 있나

내가 뭐라고 이렇게 곤히 잠든 가족들의 평온한 숨소리를 들으며

두 다리를 뻗은 채 잠이 드나

내가 뭐라고…

내 까짓게 뭐라고…

익숙하지 않은 이 모든 일에

감사하고 또 감사할 따름

나란 사람도 소중함을 알게 해준

나란 사람도 기꺼이 누군가의

그늘이 될 수 있음을 알게 해준

나의 가족

아름다운 그 이름

세상 모든
그대로

나는 나대로 너는 너대로
이건 이대로 저건 저대로
세상 모든 그대로 저마다의 소중한 색깔
우주 안의 유일무이한 최고의 존재

알고 있지만
어려운 이야기

해야 할 일을 미뤄서 얻어지는 건…
후회밖에 없다.

영혼만은 언제까지나
푸르고 따듯하게

우리 적어도 추한 어른은 되지 말자.

안하무인으로 사람을 다루고

부끄러움도 없이 함께보단 혼자만 아는,

비록 부와 권력은 있다 해도

영혼이 없는 빈껍데기 같은 슬픈 어른은 되지 말자.

자신도 모르게 그렇게 되어버린

안타까운 사연의 주인공이 되지 말자.

과연 아이들이 얼마나 다르다고 '요즘 것들' 이라며 혀를 찰까.

아래 세대를 욕하기보단 우리 세대를 둘러보고

남보단 내게서 이유를 찾는

곱고 여유로운 어른으로, 노인으로 늙어가자.

그래도 가끔 뵐 수 있는

여백 있는 어르신처럼

영혼만은 언제까지나

푸르고 따듯하게 늙어가자.

그것이 세상을 빌려 살아온 우리들의

마지막 배려이자 성의의 모습 아닐까.

마음이 있을 때

늘 그 자리에 있던 것도

마음이 있을 때
제대로 보인다.

모두가 한 번쯤은 지나왔고
또 언제 새롭게 다가올지 모를 그
터널 같은 시간을 정 마주해야 한다면
기꺼이 부딪혀 이겨낼 일.
날 믿어주든 그들을 위해서
사랑하는 사람의 이름으로
지켜주고 싶은 이들의 울타리로
기꺼이… 기꺼이….

Part 4

'함께'라는
이름의 힘

삶의 묘미

세상은 끊임없이 무한의 주사위가 던져지는 곳.

1이 아니면 2 또는 무한 속의 어느 숫자가 나오기 마련.

장담보단 어떤 수이든 기꺼이 부딪히고 즐길 일.

실망하지 마, 실망하는 것도 습관이 되니까.

모든 게 마음먹은 대로 되는 것만큼

모든 게 예정된 대로 되는 것만큼

지루하고 재미없는 게 또 있을까.

몰라서, 때론 부족해서 인생은 살 만하고 도전할 만하다.

인생의 묘미는 어느 한순간도 장담할 수 없는 불확실성.

그 안개 속을 더듬으며,

두려움을 이기며 내가 원하는 보물을 찾는 재미.

지금 괜찮다고 으스대지 말고

지금 힘들다고 내일을 포기하지 않는…

이 순간은 끊임없이 불규칙한 웨이브 위의

어느 한 점에 지나지 않는다.

심지어 오르막의 어느 순간인지,

내리막의 어느 순간인지도 모르는…

이것이 하루하루를 일의 결실이나

득실로 평가하기보단

즐김으로 살아가야 하는 이유.

우리네 삶

이 세상 위 모든 한 사람 한 사람의 삶이

어떤 드라마보다
극적이다.

시즌2

때론 지나온 모든 걸 운명으로 받아들이는 것처럼
마음 편한 것도 없다.
과거의 수많은 영향의 조합으로
그렇게, 또 이렇게밖에 될 수 없게 짜인 드라마.
그리고 그런 운명이 마음에 들지 않는다면
앞으로 있을 시즌2의 드라마 감독은
바로 나 자신이 되는 방법밖에 없다.

늘 있던
소리지만

하나의 소리를 줄였을 때 비로소

안 들렸던
또 다른 소리가 들려.

진심 2

"한 사람이라도 내 음악을 좋아해준다면
나는 음악을 계속할 것이다…"라고 나는 말할 자신이 없다.
다른 분야의 누군가가 그런 식의 말을 한 걸 듣고 보고 했는데
그분도 말이 그렇다는 얘기겠지.
진짜 세상의 단 한 명만 내 음악을 좋아한다면
나는 두 명 이상이 좋아하는 다른 일을 하겠다.
슬슬 그때가 다가오는 게 아닐까 싶다.

엇비슷한
사람들

슬픈 사연 하나 없는 사람 어디 있을까.
아무도 모르는 그 마음과 사연…
언제라도 엄마 품처럼
따듯한 가슴에 안겨
"고생 많았지? 네 마음 내가 다 안다" 하고
등을 토닥여준다면

봇물 터지듯
목 놓아 흘러나올 슬픔들을
저마다 하나씩은
안고 살아가기 마련일 텐데…

그렇게 우리 모두 말은 안 해도
서로의 어깨가 그리운 사람들
서로의 온기가 필요한 사람들
뭐가 그리 대단하고 중요하더냐
그저 어울렁더울렁 살아가는

같은 사람, 같은 영혼

서로의 안쓰러움이

엄마의 그것과 같을 텐데…

반창회
가던 날

오랜만에 차창 밖을 바라보며 내 지나온 세월같이 다양한 모습으로 빠르게도 스쳐가는 거리의 풍경들을 바라본다. 그리고 슬픈 일이나 힘든 일이 있을 때면 무작정 버스를 타고 종점까지 갔다가 돌아오던, 잊고 있던 그때의 나를 먼저 만났다.

20~30여 년 만에 만나는 고등학생 시절 친구들이 한 명, 한 명 문을 열고 들어설 때면 나도 모르게 반가움의 탄성이 절로 나오고, 마치 몇십 년 만에 교실 문을 열고 들어오는 친구들을 보는 듯한 마음.

희끗희끗한 흰머리와 눈가의 잔주름이 세월을 알게 하지만 고스란히 그때 모습이 남아 있어 신기하기도 하고 우습기도 하고. 그리 대단할 것도 없는 날 반겨주고 자랑스러워하지만, '너희들이야말로 참 기특하고 믿음직스럽게 잘 컸구나' 싶은 뜬금없는 엄마의 마음이 들며 가슴이 먹먹하다.

이상하게 나한텐 중년의 너희들이 예뻐 보인다. 저마다의 그 거친 세월을 굽이굽이 우직하게 잘도 걸어온 너희들이 대견할 뿐이다.

개성이 심하게 강하신 선생님과 독특한 취향의 선생님들을 흉내 내어가며 저무는 그 하루엔 세상이나 모습이 변했을 뿐, 1년도 채

지나지 않은 듯한 친구들의 여전한 마음을 만날 수 있었다.

철없어 보이던 친구들도 누구보다 반듯하고 당당하게 자신의 길 위에 서 있었고, 너무 소심하고 순해서 사회에 잘 적응할지 은근 걱정됐던 친구들도 어엿한 직장의 임원으로 회사를 이끌어나가고, 아이가 생기는 경로나 낳는 방법을 제대로 알고나 있을까 싶을 정도의 이성에 눈감고 살던 부끄럼 많고 순진했던 친구들….
심지어 그 분야의 선구자인 누군가의 배려로 교실 내에 음성적으로 유통되던 명작 교육 매체와도 거리가 멀었던 그 친구들도 무리 없이 결혼도 잘했고, 오히려 아이가 셋이라는 얘기에 내가 경솔하게 쓸데없는 걱정을 했다며 안심했던 저녁.
참고로 그 교육 매체의 운반책이면서 교육실로 기꺼이 자신의 집을 적극적으로 무상 제공하며 간식까지 챙겨 주던 친구는 목사님이 되었다는 소식에 잠시 깊은 시름에 잠겼지만 결국 누군가의 영혼을 구한다는 점에서 일맥상통하는 걸로 이해하자 이내 마음이 새털처럼 가벼워졌다.
그리고 몇몇 친구들은 뜻밖의 사연으로 세상을 먼저 떠났다는 소식에 함께했던 그 시절이 아지랑이처럼 슬프게 피어오르고.
그렇게 이런저런 얘기로 서로 기억나는 추억을 말해주면 때론 내가 그랬느냐고 되물을 정도로 나조차 몰랐던 나를 보게 되는 경험.
점점 여기저기 흩어져, 존재 여부조차 몰랐던 추억의 모자이크 조각들이 하나 둘 맞춰지고 작은 그림이 되며 그것들이 연결되어 마침내 수수께끼가 풀리는 듯한 시원하고 재밌는 경험.

태어난 후에 처음으로 같이하는 술자리, 또 첫잔의 술이라 더 반가운 친구도 있고 그렇게 건배를 외치며 추억에 취하고 우정에 취해간다.

2차로 간 노래방에선 저마다의 실력을 뽐냈는데, 예전에 잘 놀았던 친구들은 노래도 춤도 여전히 잘했고, 운동신경이 조금은 모자라 달리기를 할 때면 항상 옆으로 뛰어 우리에게 늘 웃음 반 걱정 반을 안겨주던 한 친구는, 나만 몰랐는지 어느새 유연하고 현란한 몸놀림으로 이미 알 만한 사람은 주저 없이 엄지손가락을 내미는 막춤계의 명사가 돼 있었다. 나 같은 문외한이 얼핏 보면 정리가 덜 되어 보이지만 볼수록 나름 일정한 패턴도 있고 묘한 흥과 함께 애잔함도 있는 것이 어쩌면 그만의 한 장르를 이미 구축하지 않았나 싶다. 이 글을 쓰면서도 다시 보고 싶은 걸 보면 더더욱⋯.

철없이 뛰어놀던 어린 시절을 지나, 모든 게 혼란스럽던 젊은 청년으로, 그리고 어느덧 저마다의 크고 작은 울타리로서의 책임을 안고 사는 중년의 친구들.

이제 앞으로 한 걸음 한 걸음 황혼의 어느 계절로 소리 없이 흘러갈 우리들이지만, 그렇게 내일은 어디에서 어떤 모습으로 살아가든 모두 저마다의 자리에서 건강하게 그리고 웃을 일, 즐거운 일만 넘쳐나길 바라는 마음. 그런 마음을 돌아오는 택시 안에서 유난히 밝고 탐스런 별빛에 새겨본다.

많이 느끼고 많이 배워 온다, 친구들아.
부디 사랑하는 가족들과
모두 오래오래 행복하렴.

너희들의 그 수수한 웃음처럼.
다시는 돌아갈 수 없는 그 날의 뒤안길처럼.

주먹보단
보자기

죽음 앞에서야 비로소 이 세상에
손이 아플 정도로 꼭 붙잡고 있어야 할 일이

별로 없었음을 알아야 하나?

연금술

가짜 금반지를 죽을 때까지
진짜 금반지로 알고 세상을 떠난 이에게
그건 진짜 금반지다.
반대로 진짜 금반지를 가짜로 알고 떠난 이에겐
그건 가짜에 불과하다.
때론 착각이 진실보다 더 사실스럽다.
그래서 힘이 되기도 하고 독이 되기도 한다.
같은 상황도 내가 어떻게 받아들이고 생각하느냐에 따라
원망스런 일이 되기도 하고 다행스런 일이 되기도 한다.
사실이나 현실도 의미나 이름을 붙이기 나름이다.

그냥 반지라도 금반지로 알고
살아갈 수 있는 일이
세상에는 얼마든지 많다.

윈윈

사람은 어떤 식으로든 자신의 이익을 찾기 마련.
사기든 봉사든 결국은 나를 위한 행동이지만
나 자신의 이득만을 위한 '이기심'과
누군가를 돕고 부수적으로 나도 흐뭇해서 마음이 따뜻해지는
'선물 같은 이익'을 얻는 게 다른 것처럼,
내 이익도 채우면서 다른 사람도 즐거울 수 있는
선한 이익을 더 많이 찾고 행할 수 있는 우리이기를.

예전에 어떤 음식점에 갔다가
워낙 친절하고 편하게 서빙을 해주기에
"이 집 마음에 든다!"고 하자
친절한 것조차 상술이라고
폄하하던 친구가 있었는데, 난 쉽고 간단히 말할 수 있다.
같은 가격의 돈을 주는데
맛은 괜찮은지, 뭐가 더 부족한 건 없는지엔 별 관심이 없고
계산할 때만 슬며시 주인이 나타나는 건조한 어느 가게보단
그렇게 친절하고 손님의 입장을 배려해주는

센스 있는 상술의 가게를 더 찾고 싶다.

윈윈(win-win), 가장 바람직한 사람 사이.

가장 바람직한 선순환 사회의 기초가 될 수도 있다.

시간 여행

우연히 어떤 매체를 통해 내가 초등학생 전후였던
1970년대 사진이나 동영상을 볼 때가 있다.
그러다 그 안에 하늘이 나오면,
그 사진이나 동영상은 나와 상관없지만
정작 그 하늘 어느 아랜가 있을
어린아이의 내 모습이 궁금해진다.
과연 그런 사진이나 동영상이 찍히던 그 시간에
저 하늘 너머 난 뭘 하고 있었을까?
더불어 묘한 간접 시간 여행을 하는 기분이 들면서
그 시간 속으로 아련하게 흘러 들어가고 싶다.
그리고…
멀리 담 모퉁이에서 어린 나를 훔쳐보면
도대체 어떤 기분이 들까?
적어도 웃음이 날 것 같진 않다.
할 수만 있다면 꼭 한 번
가슴 가득 따뜻하게 안아주고 돌아오고 싶다.

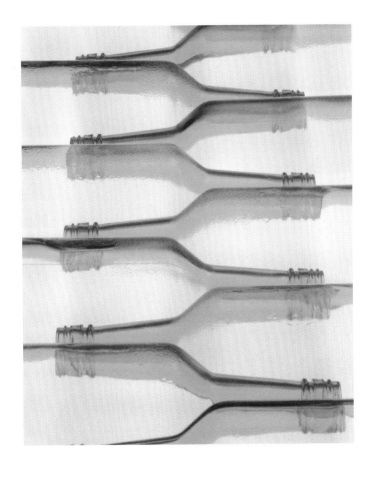

이상해

많은 게 찾으면 없고
필요 없으면 나타난다.
심지어 찾았던 그 자리에서…
이젠 이상하지도 않아.

'함께'라는
이름의 힘

보고만 있어도 행복해지는 사람들이 있다.

가깝게는 우리 아이들을 비롯한 가족이 있고

주변엔 같은 취미를 즐기고,

늘 반갑게 맞아주는 단골 술집에서

술 한잔하며 하루를 쉬어 가는

소박하지만 더없이 귀한 자리를 함께하는 동네 지인들이 있고

그리고 멀게는 자주 만나진 못해도

일단 만나기만 하면 3분 만에 한창일 때로 다시 돌아가

허물없이 마음으로 대화하는 반갑고

흐뭇한 오래된 지인들이 있다.

우린 그런 이들에게 소중하다는

형용사를 가슴으로 붙인다.

어쩌면 한없이 외롭고 고단할 인생길에서

이런 이들과 나란히 걸어가는 나를 느낄 때면

감사한 마음과 함께 좀 더 잘 살고 베풀며 살아야겠단 의지,

좀 더 진지하게 내 삶을 안고 가야겠다는 각오가 스며든다.

오늘은 더욱 이렇게나마 돌아볼 수 있는

나 자신이 다행스럽기까지 하다.
하늘 한 번 올려다볼 처지나
마음의 여유가 안 되는 사람도 많을 테니까.

모두가 한 번쯤은 지나왔고
또 언제 새롭게 다가올지 모를 그 터널 같은 시간을
정 마주해야 한다면
기꺼이 부딪혀 이겨낼 일.
날 믿어주는 그들을 위해서
사랑하는 사람의 이름으로,
지켜주고 싶은 이들의 울타리로
기꺼이… 기꺼이….

어쩌면…

내 작은 도움이

누군가에겐
기적의 도화선이 될 수도 있다.

오월 예찬

오월엔 어딜 가나 내가 주인공이 된 기분이야.
아파트 저 너머 학교 운동장에서 실려 오는
아이들 노는 소리가 날 그 시절로 데려가 함께 뛰놀고
"오월은 푸르구나 우리들은 자란다…"
'어린이날 노래' 소리가 아름다우면서도
슬프게 되뇌어지는….

같은 하늘 아래지만 오월엔 알 수 없는 희망이 있고
다른 나이지만 오월엔 한결같은 설렘이 있다.
언제부턴가 나에게 삼월은 이미 오월의 문턱.
틀림없이 올 날이라 기다림이 즐겁고
유일하게 하루하루 가는 게 나쁘지 않은 삼월 그즈음….

계절의 순환 속에 마주 보고 있는 오월의 형제 같은 시월도
나쁘진 않지만
저무는 길 위에 서 있는 듯 쓸쓸해서 반갑지 않다.
오월은 어딜 가나 아름다운 세상 한가운데 안긴 기분.

이제 몇 번을 더 만날 수 있을까.

커다랗고 화려한 이유도 없이 문득문득 고마움에 격해지는

아름다운 계절.

오월은….

메밀국수에
담긴 추억

하나도 안 부끄러운 얘기지만 난 메밀국수를 스무 살 즈음에 어떤 지인이 사줘서 처음 먹어봤다. 가수 이승환 형과 함께, 앨범과 관계된 일 때문에 반포로 그분을 찾아간 적이 있는데 그때 맞은 뜻밖의 수확이었다.

당시 반포에서도 꽤 유명한 메밀국수집이라고 했는데 키가 큰 네모난 채반에 거무튀튀한 면이 올려 나오고 그걸 이상한 소스에 적셔 먹는 것도 재미있고 신기했지만 역시 중요한 건 처음 한 젓가락을 입에 넣었을 때 느낀 그 황홀한 맛의 기억.

그 신비로운 맛의 향연은 아직까지 내 가슴에 살고 있고, 메밀국수는 여전히 내가 좋아하는 음식 중의 하나로 자리 잡고 있다.

그 맛을 본 이후로는 음식 만화에 나오는 인물들이 어떤 음식을 맛보고 황홀하고도 한편으로 어이없단 표정으로 "세상에 이런 맛이~~!!!" 하고 대사를 뿜으며 자지러질 때의 심정을 백분 이해하게 됐다. 단지 만화에선 너무 시도 때도 없이 놀라 문제지만 그런 일련의 표현들이나 대사가 절대 지나치거나 과장된 표현이라고 생각되지 않는다.

개인적으론 그렇게 '맛에 놀란' 경험은 중학생 때 불고기를 처음 먹어보고 휴거 될 뻔한 이후 두 번째였고, 그 이후론 무뎌졌는지 기억이 없다.

여기서 지극히 사적으로 너무나 안타까운 사연 하나가 묻어가는데, 내가 그때 처음 먹어본 메밀국수의 그 네모난 채반에는 면이… 한 층만 있는 게 아니었다.
위쪽의 면을 다 먹고 채반을 들어보면 거기엔 새로운 면이, 그것도 날 간절히 기다리고 있었다는 것.
그렇게 메밀국수는 총 '2층'으로 되어 있다는 아름다운 사실을 며칠이 지나서야 알고 얼마나 괴로워하고 자괴감에 시달렸는지 모른다. 평소 무식하면 좀 불편한 정도로만 알았지, 이렇게 직접적으로 생활 속에 큰 불이익을 받을 수도 있다는 건 전혀 몰랐으니까….
아무튼 난 그것도 모르고 2층의 면만 먹고 어린 마음에 '음식 참 야박하네. 하나 더 시켜달라고 할 수도 없고, 그저 부지런히 벌어야겠다!!' 하고 생각했으니까.
그런데 이상한 건 승환 형이 "왜 그만 먹어? 더 먹지?" 하며 다정하게까지는 바라지 않지만 위의 채반을 시원하게 치워주지 않았다는 사실. 내 먹성을 뻔히 아는데.
그리고 더 이상한 건 승환 형도 위의 면을 다 먹고 채반을 치우거나 했던 모습이 전혀 기억나지 않는다는 것. 형이 그렇게 먹는 걸

봤으면 당연히 '나도 처음부터 아주 잘 알고 있었다'는 듯 형을 따라 1층의 면을 당당하게 마저 먹었을 텐데.
생각이 이쯤 닿으니 슬며시 이런 생각이 들었다.
'혹시 승환 형도??…'
언젠 기회가 닿을 때 이 이야기를 꺼내며 그때의 일을 꼭 짚고 넘어가고 싶다.

"이제 다 지난 얘기니까 솔직하게 말해줘! 모를 수도 있는 거지 뭐!! 혹시 형도 그날, 처음으로…?"

화무십일홍
花無十日紅

다 한때다.

가끔은 그 한때가
원할 때는 너무 짧고,

원하지 않을 땐 길다고 '느껴져서' 문제지만…

타이밍에
관하여

리듬과 타이밍의 중요성에 관하여 요즘 새삼 깨닫는다.

운동의 여러 가지 동작도 그렇고

얘기의 흐름을 잘 타다가 치고 빠지는

웃음 포인트도 그렇고

주식도 사진도 고백도…

하다못해 대형 마트의 시식 코너에서도 시식하다

사람이 모일 때 자연스레 빠지는 타이밍이 있으니까.

어찌 보면 안 그런 게 없을 정도로

타이밍이 일의 성패를 좌우하는 세상.

같은 얘기나 행동이지만 타이밍을 못 맞춰서

낭패를 보는 사례가 허다하다.

앞뒤 정황을 잘 파악하지 못하고

일단 맞닥뜨린 후 생각나는 대로 말하거나 행동하다 보면

누군가의 문상을 가서 실컷 울고

"근데 누가 돌아가신 거죠?" 같은 정신없는

대사도 충분히 나올 수 있다.

결국 타이밍을 아는 사람이 성공하는 사람이라고 말하고 싶다.

뭐니 뭐니 해도 타이밍의 백미를 볼 수 있는 때는
계산할 때 카운터 근처에 모여 서로 밥값을 낸다고 할 때.
그것도 동창들이나 친구들처럼 같은
연배의 모임에서 술값을 계산할 때는
이상하게 꼭 카운터 주변에 운집해서
"내가 낼게" 하며 선의의 실랑이를
벌이곤 하는데, 바로 이럴 때
"아이 참, 이 녀석 고집은 말릴 수가 없다니까" 하면서
비겁하지 않고 얄밉지 않게 빠지는 타이밍을
찾을 수 있는 사람이 진정한 능력자.
섣불리 "내가 낼게"가 너무 빠르면
다음 날 화장실 변기에 앉아 후회하기 쉽고,
타이밍도 다 지나고 계산도 다 끝나 모두 나가는데 뒤늦게
"내가 낼게!!" 하면 조용히 친구들에게 멱살 잡히거나
본인의 연락처가 영원히 지워질 수도 있음직한…
그 빠르지도 늦지도 않은 찰나를 포착하는 것이
타이밍의 백미랄까?
사실 비슷한 또래가 다섯 명 이상 모이면
갹출이 가장 부담 없고 좋긴 한데
우리의 정서상 이상하게 아직 익숙하질 않다.
개중에는 갹출도 어려운 사람이 있을 테고.
여러모로 형편이 어려운 사람은 못 내서 미안하지 않게

배려를 해줘야 하지만 그것도 늘 '잘 먹었다' 는 말도 없고
당연시하거나,

낼 만한 사람이 요래조래 안 내는 건 여전히 얄밉다.

아직은 모임에서 일행들을 둘러보고

내가 조금 더 수입이 있다고 생각하면

위아래 없이 내가 내는 게 편하고 흐뭇하긴 하다.

그래도 10만 원 이상일 때는

여전히 심하게 방황하거나 주춤거린다.

다시 한 번 결론적으로 말하자면

타이밍을 직감적으로 아는 센스 있는

사람이 사회적 성공 가능성이나

사람 관계에서 호감도가 높을 확률이 높다.

그리움

그 시절은 다 어디로 사라졌나.
그저 지나갔다고 덮어두기엔
너무나 그립고 선명한 시간들.
라디오에서 흘러나오는 30여 년 전 가요를 들으며
이상한 시간 여행을 하고 있는 오후,
왜 무언가를 두고 온 기분이 드는 걸까.
어느 곳에선가 그 시절 그 하늘
모든 게 그대로 멈춰진 채
날 기다리고 있는 기분이 드는 걸까.

한편으론
즐거웠던 '어느 순간'이 다가 아니기 때문에
그립지만 돌아가고 싶진 않은 날이 있고
모든 순간과 그 삶의 배경마저 만족스러워
지금의 모든 걸 버리고 다시 돌아가고픈 순간이 있겠지.
과연 나는 다시 어린 시절로 돌아가고 싶은가에 대한
스스로의 자문에 '그렇진 않다'는

조심스런 대답이 가슴에 울린다.

그리고 그런 대답에 슬퍼지고 다른 이들은 어떨까 싶다.

돌아가고 싶지 않다는 건

지금이 더 만족스럽거나

그 시절이 생각도 하기 싫을 만큼 두렵거나

혹은 둘 다이거나….

그런데도 그런 기억들이 소중하게 느껴지고 그립다는 건

지나간 흐름 속에 변함없이 머물러 있다는 추억의 낭만적인 장점.

더불어 먼 미래의 과거가 되어 그리워할

바로 오늘이, 가장 소중하다는 사실을 알 수 있는 계기.

그립다는 건 어쩌면

그때의 내가 처한 모든 환경의 모습이 아닌

그저 그즈음 일상에서의

한 조각에 지나지 않는

아름다운 장면의 이름.

비어서 가득한

세상의 모든 것이 나보단 스승

이런 모습 저런 모습으로

본의든 본의가 아니든

나를 가르쳐준다

나를 깨운다

그것이

空

하얀 기억

기억은 사실보다 과장되고, 때로는 덮어주는 성향이 있다.

즐겁던 일은 더 아름답고 소중하게 꾸며주고

아프거나 슬펐던 일은 눈 내린 동네처럼

하얗게 덮어 희미하게 해주고….

넓게만 생각되던 학교 운동장이나 내가 뛰어놀던 골목길을

훗날 우연히 만나게 되면

귀여울 정도로 축소되어버린 그곳의 모습에 웃음이 나고

어린 짝사랑으로 그렇게 가슴 졸이던

예쁜 선생님이나 반 친구를

오랜 시간 뒤에 졸업 앨범에서 볼 때의

그 당황스럽고 난처한 기분은

실망스럽다는 그것과는 다른 또 무엇….

목숨과도 바꿀 수 있던 사랑하는 사람과의 이별에

세상을 다 잃은 듯 아프고 괴로워했어도 머지않은 훗날

모두 아물고 오히려 엷은 미소로

추억을 돌아보게 되는 게 일상다반사.

산모의 통증에 대한 기억도 출산 그 순간의 강도로

평생을 가지고 간다면
두 번 다시 아이를 못 낳는다는 얘길 얼핏 들었는데
이 역시 같은 흐름 안에 있는 이야기인 듯싶다.
아무튼 이런 연유로 지금은 조금 힘들고 아프더라도
하얀 기억의 힘을 믿고 또다시 일어설 일.
틀림없이 아물고, 나아가서는 재밌는 추억의 모자이크
한 조각으로 우리 인생에 맞춰질 테니까.
누구나 그랬고 나도 그랬으니까….

조언

생각하면 재밌고 신나는 일
몇 개나 떠오르니.
생각만으로 웃음이 나고 설레는 일
몇 개나 남아 있니.
많다면 다행이지만
없다고 해서 나쁠 것도 없다.
메마르게 살고 있다기보단
못 찾고 있을 확률이 높으니까.

지금이라도 둘러보고 찾아보고
그쪽에 가깝게 살아나가자.
하지만 위험한 건
이런저런 노력이나 시도를 넘어
모든 일이 허무하고 귀찮아지는 것.
그땐 서둘러 병원에 가봐.
그리고 능력껏 입원실부터
가능하다면 응급실까지 한번 찬찬히 둘러봐.

내가 그런 우연한 기회를 만나
좋아질 수 있었던 실제 경험이니까.

건망증

나이가 들어가며 생기는 변화 중에 가장 일반적인 건 아침잠이 없어진다거나 노안이 생긴다거나 또는 식성이 변하는 것 등을 꼽을 수 있겠다. 위에 나열한 것들 역시 모두 나한테 여지없이 해당되고 여기에 부록으로 몇 가지 더해지는 것이 있다.

이를테면 전혀 맞지 않는 엉뚱한 단어가 뜬금없이 튀어나오는 일이다. 고등어를 보고 오징어라고 하질 않나, 엄마를 형이라고 하는 등이 대표적인 예. 그리고 형님들에게 자주 목격되는 건 음식 먹으며 이야기할 때 내용물을 흘린다거나 맞은편 상대에게 발사하는 일.

하지만 그 모든 건 그러려니 하고 넘어갈 수 있는 사소한 일이지만 가장 곤혹스러운 건 자꾸만 나빠지는 기억력이다.

워낙에도 난 기억력이 안 좋아 본의 아니게 실수를 많이 한다. 이를테면 예전 술자리에서 인사를 나눴던 사람을 못 알아보고 처음 보듯 대해서 난처한 적도 많았고(사실 오래전에 한 번 본 사람을 기억해내는 것 자체가 어렵고, 상대는 나를 작곡가로 조금은 이미 알고 있어서 쉽게 기억하기 때문에 결과적으로 내가 좀 불리한 상황이 되어버린다는 슬픈 하소연을 이렇게나마 하고 싶다.) 누군가가 나와 얽힌 지난 얘기를 할 때면 맞장구를 못 치고 전혀 다른 사람 얘기처럼 조심스럽게, 때론 재미있게 듣고 있는 나를 문득 볼 때 걱정이 심화된다.

자주는 아니지만 어제 있었던 일을 기억해내는 일에도 시간이 소요되고, 심하면 전날 밤에 차를 어디다 주차해뒀는지 기억이 안 날 때가 있으니까.

그렇게 이런저런 기억력에 관한 걱정을 하고 있다가 떠오른 것이 전설처럼 내려오는 대선배님 K의 몇 가지 건망증 일화. 한편으론 내가 그 정도는 아니라는 사실에 위안이 되기도 하지만, 또 한편으론 전혀 다른 세상이나 남의 얘기가 아닌 것 같아 걱정도 된다.

그 전설 같은 선배님이 유흥업소에서 그룹사운드 리더로 일하시던 시절. 그날의 공연을 모두 마친 후 다른 멤버 후배가 대기실에 들어서는데 그 선배님이 너무나 걱정스런 모습을 하고 계셔서 한마디 건넸다고 한다.

"형님, 무슨 고민 있으세요? 아니면 오늘 공연에 저희가 뭐 실수라도 했나요? 손님 반응은 좋았는데?" 하자, 그 선배님은 "그게 아니라 인마! 생각해봐라. 우리가 팀 짜서 무대에 오른 지 한 달이 넘었는데 아직 변변한 팀 이름도 못 정하고 언제까지 이렇게 무대에 오를래? 진짜 창피해서 원. 안 되겠다!! 오늘 요 앞 포장마차에다 모여서 죽이 되든 밥이 되든 팀 이름을 짓고 말자." 그때까지 그 선배님은 연주 전에 "아직 팀 이름을 못 정했다"는 양해 멘트를 손님들에게 하고 무대에 오르는 실정이었다.

그렇게 해서 그날 밤 포장마차에 전 멤버가 모였고 여러 이름이 오가다 그중 한 멤버가 '김***'라는 이름을 제안하자 선배님은 급한 관심을 보이며 "아 그래! 그거 좋다!! 바로 그거야. 거봐!! 이렇게 모여서 머릴 짜내니까 나오잖아!! 진작 했어야 했는데. 암튼 좋다, 좋아~!!" 하며 대만족했고 그 이름을 제안한 후배는 원치도 않았던 예쁨을 술로 한껏 받았다고 한다.

그날 그렇게 선배님은 연신 그 이름을 되뇌며 "김***!! 좋은데? 음…좋아!!" 하셨고, 덕분에 아름답고 평화롭게 술자리도 이어졌다.

그리고 다음 날 멤버 후배가 업소에 출근해서 대기실에 들어서는데 이미 그곳엔 선배님이 와 계셨다. 이번에도 표정이 너무 안 좋으셔서 조심스레 말을 건넸다.

"형님!! 어제 술 많이 드셨다고 형수님께 혼나셨어요? 왜 이리 표정이 안 좋으세요??"

그러자 그 선배님은 전혀 다른 세상의 이야기를 하며 새롭게 나무라셨다고 한다.

"그게 아니라 인마!! 생각해봐라, 우리가 팀 짜서 무대에 오른 지 한 달이 넘었는데 아직 변변한 팀 이름도 못 정하고 언제까지 이렇게 무대에 오를래? 너넨 걱정도 안 되나?"

또 한번은 그 선배님이 악기 상가로 유명한 낙원상가에 악기를 보러 가셨다가 후배를 만났는데, 무척이나 반가워하며 "어? 너 길동이(가명) 아냐? 이 녀석 잘 지내? 형한테 연락 한 번 안 하고. 그래, 요즘은 어떻게 지내?"라고 물으셨다.

그러자 후배는 별일 아니라는 듯이 말했다.

"우리 형님 또 시작이시네! 저도 형님과 같은 업소에서 일하잖아요!! 제가 형님네 다음 팀으로 무대에 올라가고!! 지난주에도 보셔놓고선."

다음은 내가 직접 겪은 얘기.

어느 소규모 공연장 오픈식에 놀러 간 적이 있는데 그때 개인적으로 친한 기타리스트 형이 지나가자 그 선배님은 "어! 너 민식이(가명) 아냐? 이 녀석이 왔으면 형한테 인사를 해야지? 잘 지냈어?" 했고, 민식이 형은 "아유 형님! 아까 오자마자 인사드렸잖아요." 하며 바쁘게 지나갔다.

그리고 모인 음악인들과 즉흥 연주를 하려 무대에 오른 민식이 형을 선배님이 객석에서 보시고는 혼잣말로 "어? 저놈 민식이 아냐? 저놈이 형한테 인사도 없이…" 하시는 바람에 놀란 나머지 의자에서 떨어질 뻔한 기억이 있다.

비록 나와 술자리 한 번 같이 한 적 없는 대선배님이지만 먼발치서 보면 늘 넉넉한 웃음이 어울리시는 푸근한 모습. 요즘은 활동도 많이 안 하시는 것 같고 주변 음악인들도 선배님과 소식이 닿지 않아 안부가 더욱 궁금하지만, 부디 늘 건강하고 평온하게 잘 계셨으면 한다.

많은 후배가 그분의 성품을 사랑하고 존경하고 있으며, 음악 이외의 예술 분야에서도 한 획을 그은 분이다. 그 재능이 더 많은 사람에게 알려지고 오래오래 사랑받기를 염원한다.

내 주변의 세상일과 사람들에게
내 마음에서 10센티미터만 더 여지를 주면
다른 이에게 쉽게 서운할 일도 없고
내 짧은 한결 홀가분하고
여유로울 수 있다.

Part 5

10cm의
여유

그저 사는 동안

난 역사의 위인처럼
죽은 후에 훌륭한 인물이나 명예로운 인물로
회자되고 싶지 않다.
그저 사는 동안 내 가족과 내 주변, 내 곁에
소중한 사람들과 평범한 하루하루를
느끼고 즐기고 사랑하고 싶다.
그저 사는 동안.
그건 역사 속 위인의 생을 폄하하기보단
나란 그릇에 담긴 오늘의 가치를
우주로 알고 또 느끼고 싶은
일종의 최면이다.

불평만으론 내 삶이
달라질 게 없다

'내 마음은 아무도 모른다.'
내가 너무 일찍 알아버린 말.
다행히 "다들 그렇게 사는 거지, 알아줄 때가 오겠지,
좋은 날이 오겠지" 하며
이상할 정도로 묵묵히 웃으며 걸어온 지금.

문득 낯선 누군가의 입에서 한숨에 섞여 새어나오는
그 말을 들으니
그제야 내 지난 감정까지 섞여 더욱 가슴 아프고 고달픈 말.

"내 마음은 아무도 모른다."

하지만 조심스레 그 사람을 위로하자면
말을 안 할 뿐이지, 누구나 비슷한 크기로
그런 버거운 상황을 가지고 있다.
나 역시 누군가의 마음을 온전히 못 헤아리듯,
어쩌면 남이 내 마음을 모르는 건 당연한 일.

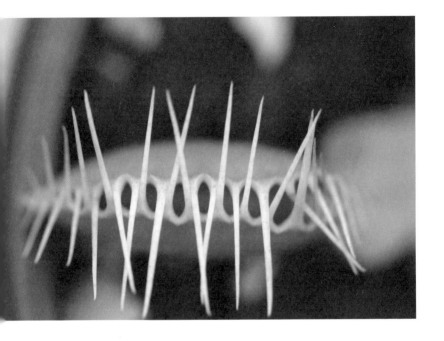

가끔은 나조차도 잘 모르는 내 마음이니까…
그 모든 걸 내 몸무게에 포함된 짐의 무게라 생각하고
웃으며 강해지는 수밖엔, 무언가가 없다.
더 이상 아이가 아니니까.
그런 하소연으론 더 이상 달라질 게 없으니까.

왜인지

무언가 정의를 내릴수록

그 안에 갇히는 기분.

표현하고 설명할수록 실제와 멀어지고

옮겨질수록 시비가 더해지는…

옳다 그르다

그렇다 아니다

필요 이상의 의미가 관여되고

풀리기보단 꼬여만 가는

아무 말이 없을 때 가장 완전한 느낌.
아무것도 없을 때 가장 꽉 찬 느낌.

오늘

아름답고 그리운 그 시절은
과거만이 아니다.
지금도 걸어가고
쉼 없이 어디론가 계속 이어지는 길목.
오늘이, 이 순간이,
미래에 소중하고 아름답게 기억될
바로 과거의 어느 날.
즐겁고 흐뭇하게
사랑하며 이해하며
오늘을 그려나가자.

소통

국어와 문법을 잘하는 사람보단
대화를 잘하는 사람으로.
가슴으로 볼 줄 알고
가슴으로 들을 줄 아는…
모든 액세서리를 떼어내고
나이나 지위를 떠나

사람 대 사람으로
영혼 대 영혼으로
소통할 줄 아는 사람으로.

그저 순진한 사람이 아닌
여유롭고 탄력 있는 사람으로.

아가에게

사랑을 줄 수 있었던

그것만으로도 행복했다, 아가야.

그 웃음과 재롱으로 우린 이미 모든 걸 받았단다.

그전에 알고 있던 몇몇의 형용사의 의미를

새롭게 알아가던 시절,

'예쁘다' 는 게 이런 거였구나!

'귀엽다' 는 게 이런 거였구나!

'재밌다' 는 게 이런 거였구나!

'소중하다' 는 게 이런 거였구나!

그전에 알고 있던

그 많은 언어에 낀 먼지와 때를

비누 거품을 내어

샤워기로 깨끗이 씻어내고

마른 수건으로 닦아

뽀송뽀송하게 내 가슴에 정리되던 시절,

우린 전혀 다른 세상을 너란 아이 덕분에 여행했단다.

이제 친구들이 더 가까울 나이로 커가며

조금씩 우리와 알 수 없는 거리가 생겨가고
그 재롱이나 아이만의 엉뚱함을 볼 수 없어 아쉽지만
언제까지 품속에 둘 수는 없는 일.
다만 먼 훗날의 너에게 바라는 건
아픈 아가를 품은 엄마의 마음처럼
부디 세상의 모든 사물에
연민과 사랑의 눈빛을 간직하길 바란다.

아무리 악하고 이해할 수 없는 이도
저마다의 사연으로 세상에 치인 조약돌.
어느 날 문득 진공관 안에서 네 눈앞에 나타난 게 아니란다.
그의 일생을 곁에서 지켜봤다면 모든 걸 이해했을 일.
우리가 그의 삶을 똑같이 살았다면
우린 더 나쁜 사람이 됐을지도 모를 일이니까.

때로는 다른 사람이 주는
수많은 낯설고 이해 못 할 상황에
쉽게 흥분하고 상처받지 마라.
네 가슴에 흥분보단 그에 대한
연민을 느끼며 오히려 그런 사람이 아닌
너의 모습을 다행이라 생각하렴.

그리고
세상은 생각하기 나름이란다.
행복은 환경이 만들어주는 게 아니라
세상을 받아들이는 네 생각과
가슴이 만들어준다.
겨우 다리 뻗고 누울 수 있는
작고 초라한 공간에서도
알 수 없는 우주의 행복을 가슴으로 채우다
넘치고 벅차서
눈물로 나올 수도 있으니까.

거칠고 낯선 세상을 두려워 말아라.
고통을 겪어봐야 평범한 하루의 감사함을 알고
바닥을 알아야 누군가를 안아줄 수 있으니까.

그리고… 그리고…
그 무엇보다 강해져야 한다.
언제까지 널 지켜줄 수 있는 사람은 아무도 없단다.
물리적 힘이 강한 사람이 아니라
그 무엇에도 맞설 수 있는 영혼의 힘이 강한 사람으로
너와 소중한 그 무엇을 지켜낼 수 있도록
너와 소중한 그 무엇이 끊어지지 않도록

우리가 떠나는 그 날까지는 항상 멀리서나마
너를 믿고,
너의 발걸음에 귀 기울이고 응원하는 우리를 기억하렴.
모든 세상 사람이 저마다 소중하고 유일한 사람이듯
너는 세상에 하나밖에 없는 꽃.
마음껏 너의 길을 걸어가고
또한 네가 한 일엔 기꺼이 책임지렴.

화려하진 않아도 꼭 필요한 자리에서 은은하게,
또 어둠에서 더욱 빛나는 이 세상의 별이 되길.
부디 행복하길.
우리 아가야….

그러려니…

내가 아는 가장 현명하고 속 편한 말.
그러려니….

바람처럼

엄마 품에 안긴 어린아이가
소년이 되어 엄마의 손을 잡고 따라다니고.
성인이 된 아이는 잠시 엄마를 떠났다가
중년이 되어 노모를 찾고.
그것도 잠시…
바람처럼 노모는 흘러가고
그 아이가 노인이 되어
먼저 떠난 노모를 그리워하다
어느 날 노모를 따라 그렇게 또 흘러가고,
이제는 아이도 엄마도 어느 곳에 있질 않다.

그렇게 세상은 아득하게 반복된다.

나에겐
꿈이 없다

우물 안에 사는 나에겐 꿈이 없다.

아니, 이미 다 이뤘다.

막연히 꿈꾸던 따스한 가족과

모자라지 않는 세끼 식사,

비와 추위를 피해 함께 잠들 수 있는 집,

사회적 지위나 명예가 화려한 위치는 아니지만

저마다의 자리에서 소박하게 살아가는 사랑스런 지인들.

그저 묵묵히 나를 지켜보며 응원해주는

그들을 보듬고 사랑하므로 이미 하루가 가득 찬,

내 가슴으론 벅찬 이 우물 안을

소중히 지켜나가는 게

굳이 꿈이라면 꿈.

거울 앞에서

문득 거울 앞의 내 모습이 새삼스레 비친다.
결국 이렇게 나이 들어가는구나.
슬퍼하지 말자, 친구야.
겸허하게 받아들이자.
누구나 지나갔고 또 그렇게 누구나 지나갈 길.
이쯤에 있는 네 모습도 나쁘지 않다.
먼저 떠난 많은 사회 고위층 인사와 그 많은 위인의
그 많은 부와 지위와 명예
그들이 그 모든 것을 준다며 바꾸길 원해도 가질 수 없는
내 나이니까.
그렇게 조금은 유치한 위로로 나를 격려하며
후회도 없이 오늘을 사랑하자.
지난날은 그런대로 그게 다였고
또 그런대로 나쁘지 않았다.
그리고 '혼자 여기까지 오느라 애썼다' 고
다독여주고 싶은 너니까.

이제 나이에 대한 아쉬움으로 바꿀 수 있는 건

아쉽지 않게 살아야 할 지금뿐.

오늘 하루만이라도 잘 살 수 있다면
늦은 건 아무것도 없다.

간단한 이유

내가 나 스스로 만족스럽지 못하고
때로는 한심스러워하는 대부분의 이유는
의외로 간단하다.
그것은 내가 되고 싶고 바라는 모습과
내가 실제로 행했거나 행하고 있는 일들이 전혀 상반될 때.
이를테면 저곳으로 가고 싶어 하면서 이곳에 그냥 앉아 있거나
심지어는 그곳을 보면서 더 먼 반대 방향으로 걸어갈 때다.
일생을 나무 그늘 아래 누워 쉬고 있다가 감이 떨어져서
내 입속으로 들어가는 경우는 한 번으로 족하다.
사람들의 욕심도 마찬가지다.
존경이나 대우는 받고 싶어 하면서도 하는 행동은
그 반대의 경우일 때가 허다하다.
그리고 사람들에게 '왜 나를 무시하느냐?'며 불평한다.
이곳이 만족스러워 그냥 있고자 하면
저곳에 가고자 하는 바를 버리고,
평범한 내가 진정 나라면 존경받고자 하는 욕심을 버리고,
정말 진심으로 어느 곳에 이르고 싶다면

가고자 하는 곳과 나의 발걸음을 일치시키자.

우리는 그때야 비로소

'그곳으로 나아간다'.

의미

어디에 중점을 두느냐에 따라
의미는 완전히 달라진다.
봄 햇살에 취해 발걸음을 멈추고
길가에 앉아 지나가는 사람들을 구경하다
오후에는 아이들과
시식 코너가 덤으로 있는
마트에 놀러 가 식재료를 구입하고
지인들과 저녁 내기 스크린 골프로
휴일이 저물어가는….
비록 진취적이거나
생산적이지 못한
하루를 보냈지만
그건 하루의 허비가 아니라
천국의 하루를 경험한 거였다.

가장 '평범하다'고 생각할 수 있는 그 하루는
기적같이 아름다운 하루였다.

초콜릿

별로 한 일도 없이

하루하루 지날 때마다

고마운 이에게 선물 받은

아끼는 초콜릿만 까먹어버리는 기분

하나씩 하나씩….

과연 나는 몇 개나 먹었을까.

아니 얼마나 남았을까.

여전히 달콤할까.

그리고…

이젠 내가 누군가에게 그런 수제 초콜릿을

만들어 선물해야 하지 않을까.

아니 당장 내 하루의 초콜릿은

적어도 내가 만들어야 하지 않을까.

한 세트

소중한 그 무엇의 이면은
소중한 만큼 아프기 마련이다.

필터

같은 세기의 바람도
더울 땐 시원한 바람, 추울 땐 살을 에는 바람.
그 바람은 변함없지만
내가 처한 상황에 따라
우리가 다르게 느끼고 다르게 말할 뿐이다.
내가 원인인 문제를 밖에서 찾고 있는
가장 흔한 사례.

가끔은
한결같은 바람을 탓할 때가 있진 않은지
내 가슴을 들여다볼 일,
한결같이 소란스런 세상을 새삼 탓할 때가 있진 않은지
내 진심에 귀 기울여볼 일.

결국은 내가 이 세상의 필터.
어떻게 현명하게 받아들일까의 기술.

나는…
세상도 그 누구도 아닌
내가 만들 일.

10cm의
여유

지극히 개인적인 나의 일이
이렇게 저렇게 다른 사람의 입에 오르내리는 건 싫으면서
남의 얘기는 이러쿵저러쿵 습관이 되어
앞서 판단하고 결론 내리는 우리들.

그 입구 출구가 다른 이유로
나와 남의 저울이 다른 이유로
여전히 세상은 소란스럽다.

100퍼센트 경험으로 배운 내 생각으론
남에 관한 사실은 대부분 우리 짐작의
사각지대에 놓여 있다.

내 주변의 세상일과 사람들에게
내 마음에서 10센티미터만 더 여지를 주면
다른 이에게 쉽게 서운할 일도 없고
내 삶은 한결 홀가분하고 여유로울 수 있다.

같은 세상이지만 또 다른 세상을
가벼운 걸음으로 웃으며 걸어갈 수 있다.

일상의 행복

"할머니 잘 자" 하며 할머니 볼에 뽀뽀해주고
방문을 조심스레 닫고 나오는 아이들.
그 모습을 저만치서 바라보는
아빠의 그 맑고 또 맑은 흐뭇한 행복을
세상 어디에서 또 찾을 수 있을까.
고맙고 고맙다, 아이들아!!
너희를 보는 것만으로도
이렇게 소중한 기분으로 가슴 가득 채워져서.
사랑하고 사랑한다,
내 식어가던 심장을
처음 느껴보는 온기로 살갑게 데워줘서.

걸음마

혹시 어릴 적에 시골 화장실 가본 적 있어?

1990년대 이전의 기억 같은데

코를 찌르는 냄새에 걱정하며

들어가길 망설였지만

결국 아쉬운 건 내 사정이라

얼굴을 찌푸리며 앉은 시골 화장실.

하지만 이 생각, 저 생각 하다 어느 순간

냄새가 사라진 것 같은 느낌.

코가 적응을 한 거지.

우리 몸과 정신은 그런

나 스스로를 지키려는 배려로 가득 차 있다고 생각해.

조금 서툴고 적절하지 못한 비유를 들긴 했지만

혹시 어떤 두렵고 낯선 상황이나

세계로의 발걸음을 준비하고 있니?

그렇다면

적응의 힘을 믿고 미리 걱정하지 마.

처음 시작이 잠시 힘들 뿐이지

많은 사람이 그런 식으로 씩씩하게 걸어 나갔고
또 그렇게 걸어 나가야 할 길이니까.
막 걸음마를 배운 아이처럼
처음엔 뒤뚱거리고 넘어져도 전혀 부끄러울 거 없는,
모든 건 아름다운 과정.
누구보다 잘해낼 너라 믿을게.
혹시라도 다른 사람보다 더 괴롭고
혼란스런 출발선 위에 있다면
더더욱 잊지 마.

그 모습과 시기만 다를 뿐이지
너에게만 있는 일이 아니라는 걸,
정말 아름다운 사람은
누구보다 상처가 많다는 걸,
그 상처가 아물고 그곳엔
너만의 아름다운 날개가 자란다는 걸.

그다지 별 대단할 것 없는 한 사람

그런 나란 사람이

누군가의 도움으로 한 방울 한 방울의 따스한 비를 맞고

두텁고 메마른 흙을 뚫고 싹을 틔우고 잎을 피워,

화려하진 않아도

이 우주의 소중한 한 생명으로 존재의 자리가 생기고

조심스럽게 나 스스로를 꽃이라 인지하게 되고

어느샌가 하나 둘…

가까운 이들에게도 필요한 생명으로

나도 가치 있는 사람일 수 있음을 깨닫던 날,

아직도 수시로 찾아오는 그 먹먹함을 사랑합니다.

나를 스스로도 모를 때

이미 나를 세상의 가장 아름다운 꽃이라고

마음으로 불러주었던 나의 가족과

내 발걸음이 시작되던 그날부터 지금껏

지인이란 이름으로 나를 스쳐갔거나, 지금도 함께하는

고맙고 때론 가슴 시리게 미안한

그 많은 또 다른 '세상의 가장 아름다운 꽃' 들에게

이 책과 함께 감사를 두 손 모아 드립니다.

전 그들의 연필이었을 뿐입니다.

고마운 사람들…

책이 나오기까지 그리고 제가 살아오는 동안 제 정서함양에 큰 도움이
되어 주신 분들에게 이렇게 더 없는 기회로 고마움을 전합니다.

내 존재의 의미를 만들어준 사랑하는 가족, 어머니와 현주와 은혜, 유민이.
해미의 또 다른 아버님 · 어머님과 영주와 수복님.
유용식 목사님 가족과 성은교회 성도들.
대휘, 경욱이, 윤희, 수연이, 정국이를 비롯한 오아모 친구들.
막걸리 우정으로 많은 조언과 도움주신 성안당 최옥현 국장님과 천현권
부장님, 이병일 부장님.
소중한 사진을 기꺼이 이 책에 선물해준 기민이 형.
같이 작업하느라 고생한 동섭이.
㈜보보스 대표 이은아님, MC김승현 형님.
송홍섭 형님, 엄인호 형님, 김수철 형, 이승환 형, 김태원 형, 홍서범 형
강화도의 청규 형님과 형수님, 성환 형님과 형수님, 석환 형님과 형수님,
상용 형네 가족 등등 모든 삼흥리의 고마운 이웃 분들.
승기 형, 은철 형, 나무 형, 동수, 경문 누나, 광희, 준희, 진성 형, 성훈이,
원석이, 창본이, 정환이.
무영 형, 재길 형, 길상 형과 형수님, 기호 형, 권희 형, 현주, 성은이.
창석 형, 용한 형과 형수님, 송이 형, 영호 형, 성훈 형.
윤주 누나, 성면 형, 재용 형, 재범이, 윤미, 재정이, 원성 스님, 지예 누

나, 홍섭이 형.

혜영이 누나, 규창 형, 제이민, 지훈이, 진수, 승호, 선영이, 종근이, 대훈이, 동휘, 태한 형, 태현 형.

두리전의 인옥이 누나, 명희 누나, 제주도레미의 은실 누나, 불맛집 혁술이, Sea골뱅이 재평 형과 형수님, Soundmax의 정회 형과 박준 씨, 카파렐리 기타를 제작해준 원규.

스시마이우 강남점 친구들.

노블라인의 백현욱 원장, OK스크린 골프의 도중근 형님.

영학이, 계수, 호산이, 지민이, 해선이, 송권이, 석호, 지훈이.

경수 형님과 형수님, 성빈이, 은경이, 병락이, 재성 형, 성준이, 한묵이, 형로 형, 세원이.

경동 형, 중희 형, 종구 형과 형수님, 태완 형, 윤환이, 정욱이, 병문이, 한무, 진구, 강용이, 준수 형, 희봉이, 진춘이, 준승 형, 봉이 형, 찬우 형, 성호 형.

연재 형, 종태 형, 현규 형, 남진 형, 규석 형, 건우 형, 희진이, 장효, 한열이, 명갑이, 창희, 로미나.

필리핀의 이강현 형님과 형수님.

우연한 기회에 만나 많은 영감을 준 방배초등학교 친구들과

서울 고등학교 1학년 17반 친구들.

끝으로 故人이 되신 김현식님, 이영훈님, 김명곤님, 홍성민님, 서지원님. 감사합니다….

그리고 어떤 이유로든 처음부터 끝까지 이 책을 보신 분들 모두 행운이 함께하시리라 믿습니다.

저마다의 자리에서 사랑하는 사람들과 항상 행복하세요~~

음원에 관하여

음원에 관하여

책과 함께 부록으로 들어있는 CD는
제가 앞으로 Mayflower란 프로젝트그룹으로 꾸준히 발표할
음원의 첫 작품입니다.

전반적인 음악 경향이
댄스나 아이돌 음악 위주로 흘러가는 상황에서,
그렇게 커다란 열정도 없이 오랫동안 무책임하게 활동이 없었던
저를 추스르는 의미로 내딛는
첫 번째 발걸음이라고 보시면 좋겠습니다.

모든 게 자연스런 흐름이기 때문에
그런 조금은 편중된 음악 경향에 대해
'좋다', '나쁘다' 등의 평가를 내리기보다는,
나름의 노력으로 30, 40대 전후의 대중이,
비록 소수더라도 편히 듣고 공감하거나 위로 받을 받한
음악을 앞으로 묵묵히 발표할 예정입니다.

그런 의미로 저의 에세이집 〈비아바향〉의 출간을 기념하여
두 곡을 먼저 여러분 앞에 내놓습니다.

그 동안 작업해 놓은 곡들도 잘 다듬어져서
앞으로 한 곡, 한 곡 여러분에게 들려지길 바랍니다.
아울러 여러분의 많은 격려와 관심도 부탁드립니다.

음원 에피소드

처음엔 노래에 참여할 생각이 없었기 때문에 '추억 속에서 만나요'를 쓰고서 누가 부르면 좋을까 고민하고 주변 지인들과 의논하는 시간이 많았다.

그런데 의외로 가까운 지인이나 팬들이 (아주 소수) "무슨 소리냐? 좀 바보 같지만 그래도 오태호 목소리가 한 곡 정도에서만이라도 실려야 하지 않겠냐"면서 자꾸 민원을 제기했고, 그런 얘길 자꾸 듣다보니 '그래? 정, 그렇게 원한다면야~' 하며 오히려 부탁을 들어준다는 식의 착각 내지는 무리한 자만심마저 생겼다.

그래서 어느 날 한 번 그 곡을 불러보는데 아무래도 혼자 한 곡을 완창한다는 게 지나치게 벅차다는 생각이 들었고 그 순간 '이오공감' 시절이 생각났다. 그리고 저 깊은 내면에서 떠오르는 한줄기 지혜의 음성, '승환 형이랑 반반 하면 딱 좋겠는데….'

그리고 며칠 고민하다 승환 형에게 조심스럽게 문자로 이쪽 상황을 보고하니, 흔쾌히 자신의 새 앨범과 겹치지 않게 책이 나오면 가능하다는 반가운 문자. 그렇게 나는 메일로 반주 음악을 보냈고 대충 불러봤다면서 내게 다시 보내준 승환 형 데모를 들어보니,

역시 능글맞을 정도로 잘 다듬어진 옥석의 색채.

그 시점에서 승환 형과 동급의 가수였다면 '나도 잘 불러야 한다'
는 생각으로 무척이나 부담스럽고 불안했을 텐데 나는 순간 얼마
나 마음이 편하던지. 어차피 난 승환 형과 비교대상의 가수도 아
니고, 노래 실력 부족한 건 들어본 사람들은 다 알고. 오히려 내
노래 파트에선 듣는 이가 불안해서 동정심마저 유발시키곤 하는
데, 이참에 긴장 풀고 쉬어갈 정도로 편하게만 부르면 되겠다는
생각이 들었다.
그렇게 이오공감 이후 22년 만에 승환 형과 호흡을 맞췄고, 마치
발전된 모습과 여전히 머물러 있는 모습이 어우러진 신(新)구(舊)의
조화랄까, 그런 느낌을 주는 노래가 나왔다고 혼자 좋게 생각하고
있다.
다시 한 번 승환 형에게 고마움을 전하고 싶다….

그리고 '비 갠 아침 바람의 향기'란 곡은 이 책의 내용을 축소한
상징의 개념으로 만들어 본 곡인데 '이곡은 또 누가 어울릴까?'를
고민하다가 이왕이면 이미 많이 알려진 가수보단 주변에 무명이
지만 실력 있는 가수가 부르는 게 의미 있겠다는 생각이 들었다.
(사실 충분히 거물급 가수들에게 부탁을 할 위치에 있는 나일리가 없기 때
문에… 아니 부탁해야 하는 기분이 왠지 편하지 않다는 게 더 솔직한 마
음.)

내 주변에만도 그런 알려지지 않은 실력파 가수들이 무척 많은데, 그중에서도 최승호군이 이 프로젝트에 참여해 부르게 된 건 실력도 물론이지만 지리적 환경과 여건이 큰 영향을 미쳤다.

우선 같은 일산 주민. 그리고 이런 말할 타이밍으로 어울릴지 모르지만 승호의 아들 규진이와 내 아들 유민이는 그때 시점으로 초등학교 3학년 같은 반! 하지만 승호의 아들이 규진이란 건 아주 우연히 역(逆)으로 알게 된 사실.

유민이의 친구로 우리 집에 놀러온 규진이가 하도 똘똘하고 귀엽길래 한참 대화하는데 무슨 얘기 중에 규진이가 "저희 아빠도 기타치고 노래해요." 하며 자랑하는 것이었다. 이상한 끌림과 호기심으로 규진이와 대화를 이어나가다 혹시 나도 아는 사람일지 모른다고 생각해 아빠 이름을 물어보니 '최승호'란다. 그제야 찬찬히 보니 똑 닮은 눈과 코, 그 뒤로 승호의 웃는 얼굴이 오버랩 됐다.

난 너무 반갑고 우스워서, "잉? 아빠가 최승호야??? 아저씨 너희 아빠 잘 알아" 하니 오히려 규진이가 놀란다. 아직도 규진이가 "저희 아빠를 어떻게 알아요? 그렇게 유명한가??" 하며 그야말로 '대박'이라는 표정과 억양으로 경악하던 모습이 생각난다. 그리고 나서 승호에게 전화를 걸어 "니 아들 우리집에 있다~!" 그랬더니 승호는 승호대로 "네?? 우리 아들이 왜 형네 집에 있어요?" 하고 놀라고…. (이쯤에서 오늘의 교훈 '세상은 의외로 좁다, 일산은 더 좁다, 착하게 살자.') 아무튼 이렇게 글로 늘어놓으니 하나도 극적이지 않지만 실제 상황에서 얼마나 신기하고 재밌던지.

그렇게 아무래도 다른 친구들보다 승호의 음악을 볼 기회, 들을 기회가 많다 보니, 팔이 안으로 굽었다고 하는 게 좀 더 가까운 표현일 듯하다.

최승호에 대해 조금 언급하자면 내 핸드폰에는 '일산 대표가수'로 저장되어 있는 동생이고, 주변 지인들끼리는 요즘 좀 더 승격 되서 '고양시 대표가수' 심지어는 '경기북부 대표가수' 라면서 조금씩 영역을 넓혀주며 격려하는 가수이다. 현재는 라이브카페 등에서 주로 활동하고 있는데, 오랜 음악생활과 실력에 비해 많은 주목을 받지 못하는 게 늘 안타까웠다.

큰 도움이 될지는 모르지만 혹시라도 이번 기회로 조금 더 인지도가 높아지고, 나아가서는 여러 가지 경제적 상황이 풍요해져서 넘치는 나머지, 어느 화창한 일요일 나에게 '고마웠다' 며 '다 준비해놨으니까 해외로 가족여행 한번 떠나라' 며 전화가 오지 않을까? 하는 매우 바람직하고 소박한 꿈을 꾸어 본다.

추억 속에서 만나요
(feat. 이승환)

"이젠 추억 속에서나 만나자"면서
괜찮은 듯이 웃으면서 돌아선 그날
이른 봄 아지랑이처럼 피어오르던
우리의 그 사랑이 신기루로 변하던 그날

너 떠난 뒤 내 일상은 전원이 꺼지고
내 모든 것에 배어있는 니 흔적 때문에
널 잊을 수도 돌아갈 수도 없는 주제에
이렇게 니 행복을 비는 내 진심에 화가 나

알고 있나요 변한 마음 앞에선
사랑하는 그 진심 따윈 소용이 없음을
세상이 넓어서, 내가 모자라서
그대 손을 놓아주니 편히 떠나요

이젠 더 이상 잊으려만 말고
생각날 땐 가끔 추억 속에서 만나요

소중했지만 그저 그 흔한

두 사람의 사랑이 끝났을 뿐이니까

난 소중했지만 그저 그 흔한

한 사람의 사랑이 끝났을 뿐이니까

편곡 프로그래밍 정동섭 / chorus 정민경

vocal, guitar, bass 오태호 / mixing Jay Lee / mastering 도정회, 박준(Soundmax)

비 갠 아침 바람의 향기
(feat. 최승호)

5월이 그린 세상처럼
언제나 푸르게 웃던 너인데
왜인지 요즘 들어 쓸쓸해 보여
힘겨운 세상에 슬픈 비를 맞는 듯이…

누구나 한번쯤은 남모를 아픈 상처를 안고
희미한 미랠 향해 걸어간 것처럼
오늘은 차가운 비를 맞고 지쳐 잠이 들어도
내일은 비 갠 아침 바람의 향기가 내릴 거야

지금 소중한 그 무엇도
인연이 다하면 떠나가고
그렇게 외로운 길 혼자 남게 되도
시간을 믿어봐 모든 건 지나가니까

누구나 한번쯤은 남모를 아픈 상처를 안고
희미한 미랠 향해 걸어간 것처럼

오늘은 차가운 비를 맞고 지쳐 잠이 들어도
내일은 비 갠 아침 새로운 세상이 열릴 거야

편곡 프로그래밍 정동섭 / acoustic guitar 이나무
acoustic & eletric guitar, bass 오태호
chorus 이나무 정동섭 오하영 로미나 최승호 오태호
engineer 김장효 송하영(예하 스튜디오) / mixing 김장효
mastering 도정회, 박준(Soundmax)

오태호 가사집

오랜만이란 어색한 인사
얼마나 너를 다시 보고파 했는데
잠시도 그렇게 말을 못하고
커피잔만 매만지고 있네
그리워했어 너의 모든 걸
니가 나를 그리워해왔던 것만큼
잊으려 할 땐 이미 서로에게 길들여져 있었지

바람 속에 깨어나던 추억 추억
서글픈 마음뿐인데 쓸쓸한 마음뿐인데
미안함에 방황하던 그때 그때
여린 너의 가슴 가득한 큰 상처 때문에

안녕 안녕 인사 뒤로 널 떠나갈 때를
아직도 되뇌이며 울먹이는 널 위해서
누구에게도 준 적 없는 내 모든 꿈을 너에게 맡길게
누구에게도 준 적 없는 나의 사랑을 너에게 맡길게

내 사랑 내 곁에

나의 모든 사랑이 떠나가는 날이
당신의 그 웃음 뒤에서 함께하는데
철이 없는 욕심에 그 많은 미련에
당신이 있는 건 아닌지 아니겠지요

시간은 멀어짐으로 향해 가는데
약속했던 그대만은 올 줄을 모르고
애써 웃음 지으며 돌아오는 길은
왜 그리도 낯설고 멀기만 한지

저 여린 가지 사이로 혼자인 날 느낄 때
이렇게 아픈 그대 기억이 날까

내 사랑 그대 내 곁에 있어줘
이 세상 하나뿐인 오직 그대만이
힘겨운 날에 너마저 떠나면
비틀거릴 내가 안길 곳은 어디에

사랑과 우정 사이

머리를 쓸어 올리는 너의 모습
시간은 조금씩 우리를 갈라놓는데
어디서부턴지 무엇 때문인지
작은 너의 손을 잡기도 난 두려워
어차피 헤어짐을 아는 나에겐
우리의 만남이 짧아도 미련은 없네
누구도 널 대신할 순 없지만
아닌 건 아닌 걸 미련일 뿐
멈추고 싶던 순간들 행복한 기억
그 무엇과도 바꿀 수가 없던 너를
이젠 나의 눈물과 바꿔야 하나
숨겨온 너의 진심을 알게 됐으니

사랑보다 먼 우정보다는 가까운
날 보는 너의 그 마음을 이젠 떠나리
내 자신보다 이 세상 그 누구보다
널 아끼던 내가 미워지네

연인도 아닌 그렇게 친구도 아닌
어색한 사이가 싫어져 나는 떠나리
우연보다도 짧았던 우리의 인연
그 안에서 나는 널 떠나네

한 사람을 위한 마음

힘들게 보낸 나의 하루에
짧은 입맞춤을 해주던 사람
언젠간 서로가 더 먼 곳을 보며
결국엔 헤어질 것을 알았지만
너의 안부를 묻는 사람들
나를 어렵게 만드는 얘기들
왜 슬픈 예감은 틀린 적이 없나
너를 잊겠다는 거짓말을 두고 돌아오긴 했지만
언제 오더라도 너만을 기다리고 싶어
다시 처음으로 모든 걸 되돌리고 싶어
이제는 어디로 나는 어디로
아직 너의 그 고백들은 선한데
너를 닮아 주었던 장미꽃도
한 사람을 위한 마음도
모두 잊겠다는 거짓말을 두고
돌아오긴 했지만

기억날 그날이 와도

'변치 않는 사랑' 이라 서로 얘기하진 않았어도
너무나 정들었던 지난날
많지 않은 바람들에 '벅찬 행복' 은 있었어도
이별은 아니었잖아
본 적 없는 사람들에 둘러싸인 네 모습처럼
날 수 없는 새가 된다면
네가 남긴 그 많았던 날 내 사랑
그댄 조용히 떠나

기억날 그날이 와도 그땐 사랑이 아냐
스치우는 바람결에 느낀 후회뿐이지
나를 사랑했대도 이젠 다른 삶인 걸
가리워진 곳의 슬픔뿐인 걸

그대 작은 손에 쥐어진 내일

그대 많이 힘들었지
알 수 없는 이 세상 위에서
때로는 자기 자신을 한없이 미워하며…

잠시 술기운에만 다가오던 그 희망도
아침의 눈부신 현실은 차갑게 돌려보내지

하지만 슬프게 버려진 그대의 인생
그대의 꿈을 이젠 찾아야 하고
그 누구도 아닌
그대의 작은 손에 쥐어진 내일, 그 미래
그래 늦은 게 아니지, 지금의 내가 다가 아니듯
두 번도 아닌 그대의 인생에
주인공은 바로 그대야

그대의 과거가 슬프고 힘겨울수록
그대의 날개 짓은 아름답고
그 누구도 아닌
그대의 작은 손에 쥐어진 내일, 그 미래
그래 늦은 게 아니지 지금의 내가 다가 아니듯
잊지 마 그 마음 뒤엔 그대
날갯짓이 함께해야 함을
마음만으론 날 수 없음을

나만 시작한다면

내가 태어날 때 부모님은 날 보며
수많은 생각과 기댈 하셨겠지
어릴 때나 지금도 변함없는 건
자랑스런 나를 보여주는 일
시간은 언제나 나를 반기고
저 파란 하늘은 이렇게 날 지켜보고
나만 시작한다면 달라질 세상
나 진정 원하는 그 일을
슬프면 슬픈 대로 나를 떠맡겨도
부서지진 않을 수 있는
커다란 인생의 무대 위에서
지금부터 시작이야
그 누가 무슨 말을 내 삶에 던져도
흔들리진 않을 수 있는
내 삶의 주인은 나임을 알고
늦지 않았음을 알고
힘겨운 날이 있어 더욱 기쁜 날들
그 누구도 모르는 내일
커다란 인생의 무대 위에서
지금부터 시작이야

기다린 날도 지워질 날도
다 그대를 위했던 시간인데
이렇게 멀어져만 가는 그대 느낌은
더 이상 내게 무얼 바라나
수많은 의미도 필요치 않아
그저 웃는 그대 모습 보고 싶은데
더 언제까지 그대를 그리워해
아무런 말도 못하고
지금 떠난다면 볼 수도 없는데
그대를 사랑한단 그 말을 왜 못 하나
원하는 그대 앞에서
모아둔 시간도 이젠 없는데
기다린 날도 지워질 날도
다 그대를 위했던 시간인 걸
이렇게 멀어져만 가나
그대 떠나나

그대만의 전설

TV의 멋진 주인공들도 날 스치는 거리의 사람들도
모두들 나 이외에는 행복해 보이던
쓸쓸한 사춘기를 지나
보내지도 못할 편지에 가득
내 눈물을 흘렸던 스무 살 어느 날
누구나 그렇게 지나온 길이지만 모든 건 지금부터

어두운 그림자를 보며 원망했어도
이젠 등을 돌려 눈부신 태양을 봐
그댈 부르는 많은 유혹에 웃으며
그대의 길을 가

이젠 안녕 지나간 날들 떠나간 사랑에게도
마지막 인사를 나누고
늦지 않아 지켜볼게 푸르른 인생에 그릴
그대만의 전설

그대 하고 싶은 일이 크진 않아도
화려하고 점점 어지러운 세상을 떠나
그 어디에서라도 조용히 빛을 발하는
그런 별이 되길
이젠 안녕 지나간 날들 떠나간 사랑에게도
마지막 인사를 나누고
늦지 않아 지켜볼게
푸르른 인생에 그릴 그대만의 전설

꿈에서 어느 이

어둠이 아무리 크고 또 진해도
반짝이는 작은 별빛 하나를 덮을 수 없듯이
잊으려고 애쓸 때마다 만나게 되는 기억은
그 무엇도 덮을 수 없는지
무심하게 물어온 그대 안부에도
지금을 모르고 웃는 지난여름 사진을 봐도
철렁 내려앉는 마음에 가눌 수 없는 슬픔에
그냥 주저앉고만 싶어져
그래도 모든 건 참을 수 있지만
깊은 밤 그대 꿈에 오는 건 견딜 수가 없어
아무 일 없는 듯 두 손을 들고 웃으며
내게로 오는 건 견딜 수가 없었어
잊지 못하는 내 잘못이지만

그대 살던 동네를 지나칠 때마다
잊어야 할 전화번호를 나도 몰래 누를 때마다
철렁 내려앉는 마음에 가눌 수 없는 슬픔에
그냥 주저앉고만 싶어져
그렇게 깨어나 잠에서 깨어나
어두운 내 방을 둘러보고 꿈임을 알 때마다
나는 또 한 번의
가슴을 도려내는 아픈 이별을 하는 걸
그댄 알고 있을까
잊지 못하는 내 잘못이지만
이 하늘 아래 없는 너이기에

홀로서도 아름다운 것

아침 햇살 받으며 달리는 차에서
혼자 눈물 흘려본 적이 있어
나를 지켜주던 믿음에 스며든 의문과
가도 가도 끝이 없는 벽이 힘에 겨워
그럴 때면 사랑도 쉽게 날 떠나지
어차피 내겐 필요 없는 이름
내가 위로받고 기댈 곳은 오직 음악뿐
너로 인해 다시 태어나지

언젠가 눈부신 무대 위에서 너와 하나가 되는 날
남 몰래 돌아서 기쁨의 눈물을 흘려도
미움도 버리고 어제도 버리고 홀로서도 아름다운 것
나의 음악이 자라날 그날까지

너는 날 떠나지 않겠지
먼 훗날 내가 먼저 너의 곁을 떠날진 몰라도

언젠가 눈부신 무대 위에서 너와 하나가 되는 날
싸늘한 시선에 밀리는 지금 생각나도
미움도 버리고 눈물도 버리고 나눌수록 아름다운 것
나의 음악이 자라날 그날까지

이별 아닌 이별

이젠 떠나가는 그대 모습 뒤로
아직도 못 다한 나만의 얘긴 흐르지만
다시 언제까지 나만의 미련으로
그대를 사랑한다는 말은 정말
하기 싫었어
밤새워 얘기한 우리 서로 간의 갈 길로
이별이 아닌 이별을 맞으며
헤어지지만
내 사랑 굿바이 굿바이 어디서나
행복을 바라는 내 마음은
사랑한다는 흔한 말보다 더 진실함을 이해해
내 사랑 굿바이 굿바이 어디서나
행복을 바라는 내 마음은
무너진 내 안의 사랑이 번지면 다시 찾을 거야

기억 속의 멜로디

기억 속의 멜로디 나를 깨우고 가
너의 미소도 못 잊을 이름도

너의 그늘을 떠난 후에 너의 의밀 알았지
눈이 슬픈 너를 울리고 이제 나도 울고
내겐 많은 시간이 흘러 널 잊은 듯했는데
너와 자주 들었던 노래가 그때 추억을 깨우네
세상 모든 사람이 나를 떠나버려도 너만은
나를 찾아 돌아올 고마웠던 사람
그런 착한 너에게 시린 상처만 주고
이제 와 이렇게 후회하는 나를 용서해
어디에 있든지 누구와 있든지
내가 그립지 않을 수 있도록
행복하길 행복하길 어느 누구보다
내 슬픈 바람을 들어줘

어디에 있든지 누구와 있든지
아픈 추억에 마음이 베이지 않도록
행복하길 행복하길 어느 누구보다
내 슬픈 바람을 들어줘

I miss you

처음엔 넌 줄 알았지
너와 모든 것이 닮아서
그런 나를 모르고 다가서는 그 애를
상처 때문에 나는 피했지만

이제는 나도 모르게 그 애와 가까워지고
흔들리는 마음은 점점 알 수가 없어
두려움이 앞선 미안함

문득 너와 같이 있는 착각에
너의 이름을 불렀지
우연히 그 애의 옆모습을 볼 때면
왜 난 목이 메일까

저 하늘에서 긴 잠을 잘 너이기에
I miss you I miss you
더욱 그리운데
이런 날 안타깝게 보고 있다면
내게 길을 가르쳐줘

그 애를 정말 좋아하나
너를 닮아서 사랑하나
흔들리는 마음은 점점 알 수가 없어
두려움이 앞선 미안함
두려움이 앞선 미안함

해바라기의 사랑 그대

언젠가 그대에게 준 눈부신 꽃다발
그 빛도 향기도 머지않아 슬프게 시들고
꽃보다 예쁜 지금 그대도 힘없이 지겠지만
그때엔 꽃과 다른 우리만의 정이 숨을 쉴 거야

사랑하는 나의 사람아 말없이 약속할게
그대 눈물이 마를 때까지 내가 지켜준다고
멀고 먼 훗날 지금을 회상하며
작은 입맞춤을 할 수 있다면
이 넓은 세상 위에 그 길고 긴 시간 속에
그 수많은 사람들 중에 오직 그대만을 사랑해
이 넓은 세상 위에 그 길고 긴 시간 속에
그 수많은 사람들 중에 그댈 만난 걸 감사해

세상에 뿌려진 사랑만큼

여전히 내게는 모자란 날 보는 너의 그 눈빛이
세상에 뿌려진 사랑만큼 알 수 없던 그때
언제나 세월은 그렇게 잦은 잊음을 만들지만
정들은 그대의 그늘을 떠남은 지금 얘긴 걸
사랑한다고 말하진 않았지 이젠 후회하지만
그대 뒤늦은 말 그 고백을 등 뒤로
그대의 얼굴과 그대의 이름과
그대의 얘기와 지나간 내 정든 날
사랑은 그렇게 이뤄진 듯해도
이제와 남는 건 날 기다린 이별뿐

바람이 불 때마다 느껴질 우리의 거리만큼
난 기다림을 믿는 대신 무뎌짐을 바라겠지

가려진 그대의 슬픔을 보던 날
이 세상 끝까지 약속한 내 어린 맘
사랑은 그렇게 이뤄진 듯해도
이제와 남는 건 날 기다린 이별뿐

혼잣말

추억이 소중한 이유
흐름 속에 머물러 있다는 것
수줍게 두 손을 잡던 너와 나를
만날 수 있다는 것
하지만 아무리 그리워도
두 번 다시 그때로 돌아갈 수 없기에

조금 더 잘해주지 못하고
울리던 일들만 마음에 남아
이젠 내가 눈물이 날까

아직 내 마음속엔 하루에도
천 번씩 만 번씩 니가 다녀가
잊어도 잊어도 눈물이 흐를 너인데

친구도 될 수 없는 너
둘이 되어 흘러가는 구름처럼
"괜찮아" 말하며 혼자 더 슬퍼져
죽을 만큼 힘들어
혹시나 어리석은 마음에
네 편지도 사진도 버리지 못하는 나
그동안 너무 고마웠다고
전하지 못한 말 혼자 되뇌며
눈물 속에 널 보냈지만

아직 내 맘속엔 하루에도
천 번씩 만 번씩 니가 다녀가
잊어도 잊어도 눈물이 흐를 너인데

꿈

하룻밤의

이쯤에서 돌아가려 해
변함없는 이 세상
변한 건 그저 내 마음

다가서면 멀어지고
떠나기엔 가까운
너의 눈빛은
여전히 고운데

지금까지 널 사랑하며
흘린 내 눈물만큼
너와의 거릴 느끼고

너의 그 모든 마음을 갖기엔
아직도 어린 나를 알고

이토록 사랑하는 마음만으로
되는 건 없는지
사랑에 버려진 세월의 슬픔을 아는지
알 수 없는 너를
하룻밤 꿈같은 너를
언제고 다시는 찾지 않으리

나만의 기대도
한겨울 바람 같은 네 마음도
모두 다 하룻밤의 꿈
잊혀져 버릴 꿈
밤보다 짧은 꿈

가장 가까이에

사랑보다 더 깊은 정으로
더 이상 길들지 않게
헤어지고 싶단 말 뒤로
나의 사랑을 감춰뒀지
이미 넌 미래가 있는 사람
언젠가 가야 할 사람
사랑하면서도 왜 나는
갈라놓아야만 하나
문득 본 나의 손등엔
떠나갈 니가
흘린 눈물이 맺혀 있지만
가장 가까이에
두고 싶은 사람을
가장 먼 곳으로 힘없이
떠나보내야 하고
가장 잊고 싶은
일들은 이렇게도
가장 가까운
기억에서 선명하네

허무한 사랑에 슬픈 눈물 흘리고 있나요
지금 누군갈 사랑하고 있다면
어떤 기대도 하지 말아요
이 세상 그 무엇도 영원토록 가질 순 없는 것
그 모든 건 언제라도
당신을 떠날 준비를 해요
우리의 사랑은 잡으려 잡으려 다가설수록
멀어지는 오색 무지개 같은 것
수많은 별이 사라지고 태양이 얼어버려도
널 향한 마음 우리의 사랑만은
변하지 않는다 했겠지
사랑 그 부질없는 장난
그 아름다운 거짓말
가지려 가지려 미련이 커져가면
덧없이 멀어지는 것을

믿기는 싫겠지만 사랑의 약속은
정성을 들여 물 위에 쓴
하얀 맹세 같은 것

수많은 별이 사라지고
태양이 얼어버려도
널 향한 마음은 우리의 사랑만은
변하지 않는다 했겠지
사랑 그 부질없는 장난
그 아름다운 거짓말
가지려 가지려 미련이 커져가면
덧없이 멀어지는 것을

비 갠 아침 바람의 향기

2014년 6월 23일 1판 1쇄 발행
2014년 6월 30일 1판 2쇄 발행

지은이 | 오태호
펴낸이 | 이종춘
펴낸곳 | **BM** 성안북스

주   소 | 121-838 서울시 마포구 양화로 127 첨단빌딩 5층(출판기획 R&D센터)
          413-120 경기도 파주시 문발로 112 출판도시(제작 및 물류)
전   화 | 02-3142-0036
          031-955-0511
팩   스 | 031-955-0510
등   록 | 1973. 2. 1. 제 13-12호
홈페이지 | www.cyber.co.kr

ISBN | 978-89-315-7740-2 (03810)
정 가 | 13,800원

이 책을 만든 사람들

기획 | 최옥현
편집진행 | 이병일
교정 | 신정진
디자인 | 하늘창
마케팅 | 구본철, 차정욱, 채재석, 강호묵
홍보 | 전지혜
제작 | 김유석